レクイエス・エテルナ

永《と》遠《わ》のやすらぎ

Requies aeterna

蘭野みゆう

Miyuu Ranno

Parade Books

目次

レクイエス・エテルナ

永遠《とわ》のやすらぎ

かつて人々がまだ自分の死をデザインすることができなかった頃、自殺は忌むべきものとされていた。晩年に躁鬱病を患い、七十八歳で自死した母方の伯父の家族も本当の死因を公にしなかった。伯父は大学で日本史の中世を研究する学者だった。感情に走らずよく人の話を聞き、穏やかで、私は子どものころからこの伯父が大好きだった。大人になってからは会う機会も減ったが、或る法事の席で久しぶりに会った時、伯父は息をするのもしんどそうだった。それを目の当たりにして私はひどく胸を痛めた。長身の痩せ衰えた身体をくの字に折り、深く頭を垂れて座っている姿は、自分の心臓の鼓動さえ悲しんでいるように見えた。他人には到底理解しえない心身の懊悩を抱えていたのだと思う。だから、私はその行為を責めたくないと思った。伯父は家人の留守をねらって縊死した。そうして、自分で自分の人生にピリオドを打った。人と争うことをせず、淡々と生きてきた伯父が最後に強烈な自己主張をした。そういう終わり方はだれでもできることではないと私は思う。

　それが、今は希望すればだれでもできるようになった。いや、縊死ではなくて、そう、この国でもようやく安楽死法が法制化され、施行されたのだ。つまり、自殺が公に認められたと言ってもいい。安楽死の定義には二つある。「積極的安楽死」といわれるものは、本人の意思といくつかの条件の下で、医師が患者に致死薬を投与する行為を指す。もう一つは、医師または医療従事者が処方した致死薬を患者自らが摂取する行為で、「医師幇助による安楽せる行為は「尊厳死」と呼ばれて区別される。

「レクイエス・エテルナ」（ラテン語で永遠のやすらぎの意）という白い錠剤を飲むと、深い眠りに落ちてそのまま苦しまずに死に至る。百パーセント確実に。もう、首を吊ったり、頸動脈を切ったり、電車に飛び込んだり、屋上から飛び降りたりしなくても、ベッドの上で安らかにあちら側に行くことができる。もちろん、安楽死を望まない人が無理矢理、あるいは、本人の知らない間に安楽死させられるなどということは絶対にあってはならない。そんなことがないように安楽死が行われる以前に幾重ものハードルが設けられている。実際、まだまだ自然死する人の方が圧倒的に多い。セーフガードとして導入されたカウンセリング制度のおかげで、安楽死の事例が急激に増えたということはない。この前もある有名な作曲家が八十六歳で「レクエ」して、大きなニュースになった。人々は「安楽死する」と言う代わりに「レクエする」と言うようになった。だが、レクエしたくなったら、だれでもいつでもというわけではない。当然ながら条件がある。条件は大きく二つに分かれる。一つは、不治の病に冒されていて肉体的精神的苦痛が甚だしく、目下の医学では治癒の可能性がないと判断される場合。もう一つは、七十五歳以上で、障害、病の有無にかかわらず、自らが自らの人生に幕を下ろすことを強く望む場合である。この二つは厳密に区別されなければならない。

第一のケースは医学的に治癒の可能性がないと判断される病に苦しむ患者が、自らの意思で延命を拒否し、耐え難い肉体的精神的苦痛から解放される権利として比較的早くに法制化された。こちらは満十八歳に達していれば、レクエ希望者として登録され、丁寧なカウンセリングを受けた後、認められる可能性が高い。第二のケースこそ個人が有するラディカルな安楽死の権利で、第一に遅れること十年を経てようやく成立に至った。双方の場合とも厳しい条件の下に行われる医師のレクイエス・エテルナの処方について、医師が殺人罪に問われることはないと明記されている。伯父も何十年か遅く生まれていれば、この恩恵にあずかれたのに。すべて納得ずくなら、家族に見守られて優雅に死に赴くこともできたのに。そう思うと残念でならない。

実際、今では安らぎに満ちた安楽死を望む人々のために、その固有の死を演出するビジネスが花盛りだ。生命保険会社や、葬儀会社がタナトスプランなどという言葉で、さまざまなコースを設けて客の獲得に血道を上げている。海の見える保養所で夕日を見ながら逝くとか、(その保養所はもちろんその種の会社の所有である)歌手や俳優向けには舞台の上で倒れるというのもあるし、(いくら芸能人でも誰が実際そんな作為的なのを望むだろう)桜の散る時季に花吹雪を見ながら逝くというのもある。この演出は西行法師以来この国の人々の心に強くアピールするものがあるようだ。さすがに腹上死というプランはまだない。

　安楽死ビジネスが経済に与える影響も小さくはない。なぜなら、安楽死を望む人々は、生きている間に思う存分悔いのないように人生を楽しもうとするので、気前よく蓄えを使おうとするからだ。以前は老後の心配のために、なるべく使わないでいざという時に備えようという人が大半だった。けれども、自らの死期を自ら決定するという選択肢が加わると、思い切って理想的な終の棲家を確保したり、夢だった庭園を造ったり、最期の日に身につける特別な衣装を誂えたり、こだわりの旅に出たり、残された日々の生活を潤いあるものにするために積極的に消費する傾向が出てくる。そうなると、企業も安楽死予備軍のシルバー層をねらった魅力的な商品の開発に邁進し、経済は多少とも活気を得ることになる。

　もっとも、安楽死法の成立には厚労省の思惑が深く関与していたと多くの人が思っている。つまり、多少とも安楽死を選ぶ人がいれば、その分医療費も削減できるし、高齢者に年金を支給しなくて済むわけで、年金制度維持がいよいよ深刻な局面を迎えている厚労省としては秘かに歓迎するところであっただろう。この国の六十五歳以上の人口が総人口に占める割合は今や三十九・七パーセントと、百人中四十人に迫る勢いとなっている。年金の支給開始年齢が七十歳に引き上げられて久しいが、一方で、若年層には年金保険料を払いたくない人々が急増した。いざとなったら、「レクエ」があるじゃないかというわけだ。結局、安楽死法は二律背反の様相を呈し、年金財政は長いこと緩慢な危篤状態にある。いずれ安楽死させられるのは、年金制度そのものであるとも言われている。

　さて、私の両親も最近ある保険会社と契約を済ませたと聞いた。父は八十三歳でどこといって重大な病気はないが、時には一睡もできないほどの腰痛に長年苦しんでいる。母は八十一で、三年前に大腿骨を骨折した。リハビリを頑張ってだいぶ歩けるようになったのだが、道路のちょっとした段差で再び転倒してからは車椅子生活になった。二人は数年前から心づもりをしていたらしく、着々と準備を進め、諸事万端ぬかりなく計画を練っていたようだ。一か月ほど前に私と妹のタミーは大事な話があるからと呼び出されて、そのプランの内容を聞かされた。

　その日、私と妹は連れだって両親の暮らす郊外の家に赴いた。その家は屋根に太陽光発電のパネルを擁し、雨水の再利用装置などもついているエコ住宅で、そこに住んで二十年になる。両親は一度も家やマンションを買ったことがなかった。不動産を買うとローンを抱えてその地に縛られ、容易に転居できなくなるし、修理費や税金もかかる。それよりも必要に応じて身軽にどこにでも住める方が人生おもしろい、所詮この世は仮の宿というのが父の考えだった。母もその点は異存がなかったようで、私の記憶にある限りでは五度の引っ越しにも嬉々として従っていたように思う。

一昔前までは何かあった時のことを懸念して高齢者にはなかなか部屋を貸してもらえなかった。しかし、それは高齢者の基本的人権にかかわる重大な社会問題であるということがマスコミで大きく取り上げられて、よほどの事由のない限り、部屋の賃貸で高齢者を差別することは許されなくなった。高齢者も人権意識に目覚めて、差別を受けたと思われる場合は、どんどん人権擁護団体に訴えるようになった。

両親の今の家は身体が不自由になることをある程度予測して借りたバリアフリーの２ＬＤＫだった。２ＬＤＫといっても九十平方メートルあるので、内部は広々としている。車椅子での生活を予想して段差はなく、部屋のしきりも極力はずしてあった。浴室と十畳の寝室は独立した部屋になっているが、あとは開放的なつくりになっている。家の前には小さな庭があって、梅の老樹が一本枝をくねらせていた。梅の隣には金木犀が小さなオレンジ色の花をつけて、甘い香りを放っている。それから、青ジソやパセリ、カモマイル、ペパーミント、レモンバジルなどが元気よく葉を茂らせている。

「ふうん、甘〜い、いい匂い」

妹がカモマイルの細やかな葉に触れた指を鼻先に近づけて言った。

「あれ、あんなのあったけ。いつの間に」

私は真新しい大きな鉢を指さした。それはつやのある丸っこい葉の周りがレース編みのような白い突起状の葉で縁取られていた。

「また、配達してもらったのよ。今はどこの店でも年寄り向けに配達サービスがあるから便利よねえ」

妹は中年太りの頬に昔ながらのえくぼを浮かべた。若いころはやせこけていたのに、五十歳の今は堂々たる貫禄だった。二人の息子はそれぞれ結婚して独立し、今は夫と二人、山梨で暮らしていた。私は未だ独身だ。両親の家から三十分足らずのマンションに住んで、在宅で翻訳の仕事をしている。締め切りさえ守れば比較的時間が自由になるので、親のところには何かと頻繁に出かけていた。母は車椅子でも料理はできるし、簡単な家事もこなせた。大きなものの洗濯と掃除は週に一度ヘルパーさんが来てやってくれる。下着など細々したものは、乾燥機つき全自動洗濯機で済ませられる。食料や日用品の買い物は注文すればたいてい当日か翌日には届けてもらえた。唯一困ったのは車椅子での入浴だったが、それも浴室を改造することで解決した。万一何かあった時はブザーで知らせられるようになっている。

私が一緒に住んで家事をやってあげると言うと、二人は声を揃えて即座に断った。何もかも人様にやってもらってはそれこそ寝たきりになると父は言う。母にいたっては父さんと二人だけの生活をじゃましてくれるなと言う。それで、私は一週間に一度ぐらい顔を出して話をしたり手伝ったりすればいいことになった。父も元々家事をやる人だったから、進んで料理や洗濯物の片づけなどを買ってでた。高齢になっても残された能力をフルに使って何とか自立した生活ができるのは、娘にとってもありがたいことだった。

「大事な話って、あのこと？」

妹が緑茶を入れながら少し顔をしかめて父に問いかけた。父はみごとに真っ白な白髪を節くれ立った指でかき上げ、「うむ」と言ったきり庭の方に視線を移した。秋の陽の降り注ぐ大きな窓からは青く澄んだ空が見える。父の横顔がいつになく疲れているように感じられた。私は自分で持ってきた和菓子の包装を解いた。六角形の箱の蓋を開けると、母が歓声を上げた。

「まあ、きれい。紅葉ね」

それは紅葉をかたどった美しい菓子だった。清流苑という和菓子専門の店で求めた。清流苑に行くと、必ずその季節にあった何とも魅力的な和菓子が待っていてくれた。「紅葉」は和製ミルフィーユのように細やかにできている。鮮やかな朱色の表面には所々黄緑や黄色の斑が入っていて、黒蜜で葉脈も描いてあった。

「こりゃあ、上品な甘みだ」

父が顔をほころばせた。白あんと黒蜜の香りがマッチして舌の上でとろけた。そのほどよい甘みを緑茶の渋みでかき消すと、もう一つ欲しくなった。

「ちょっと、タミー、あなた、それ、四つ目じゃない？　あのね、あなたに持ってきたわけじゃないんだから、少しは遠慮したら？」

　咎められた妹は私をにらんだ。

「何よ、お姉ちゃんたら、人の食べる数、数えなくたっていいでしょ。昔からそうやって横から睨んで、あたしの口にクッキーやチョコがいくつ入ったか数えてたのよ」

「そりゃ、あのころはね、子どもだもの、小さな妹が姉より多く食べないように見張る必要があったのよ。でも、今はもちろんそんなのじゃなくて、心配してるの。タミーは最近鏡を見たことがあるのかなってね。いえ、顔だけじゃなくて全身をね。もしかして、怖くて見られないんじゃないかってね」

　私はいかにも心配だというふうに妹を見やった。

「全身を鏡で見たかですって？　うちの玄関にはすばらしく大きな鏡があって、いやでも見えちゃうの、知ってるでしょ。それに、言っときますけどね、お姉ちゃんみたいな生骸骨よりふくよかな方が、いざという時に余力があるし、ずっといいわよ」

「生骸骨とは何よ！　スリムって言ってほしいわね。だいたい、あんたはふくよかなんて生やさしいもんじゃないよ。それはね、重量級の堅太りって言うのよ」

「まあ、まあ、いいから好きなだけ食べろ」

父は含み笑いをしながら、年季の入った娘二人のやりとりを見ていた。父の援護を得て妹は鼻の穴を膨らませ、そうだ、そうだと言った。

「そう言うタミーの顔、子どもの時と同じねえ」

今度は母がくすりと笑った。多美は家族の間ではいつもタミーと呼ばれていた。三歳年下だったが、気が強くて小学校のころから、口喧嘩の相手として不足はなかった。お互いにいいおばさんになっても、二人そろうとまだ性根は子どものころのままだった。

「それでだ。お前たちを呼び出したのは、お前たちももうわかってるようだが、わしとお母さんの今後のことだ。至福生命のぽっくりプランにしたよ」

「なにそれ！　ぽっくりプランなんてあんまりじゃないの」

私が思わずそう言うと、父は「それがな、」と言ってネーミングの話を始めた。

「そのセールスマンが言うにはだな、このネーミングは当初社内でもあんまりえげつないと言って反対が多かったんだそうだが、他社との競争に勝つためにはこのくらいインパクトの強い方がいいかもしれんということになったそうだ。なにしろ、死がタブーではない時代を迎えて、縁起でもないことが縁起でもあることになったというわけで、このネーミングに決まったそうだ。わしもそれを聞いてなんだか愉快になって妙に納得してしまってなあ」

父はおもしろそうに笑った。つられて母も笑っている。そんな二人を見て、私も妹も声をそろえて笑うなんてとてもできなかった。両親がレクエを望んでいることはそれとなくわかっていた。しかし、いよいよそれを現実のものにするために、生命保険会社と契約したとなると、心穏やかではいられない。しかも、いくら仲がいいからといって、二人そろってあちら側に行くことはないだろう。

「その日は早起きして散歩をしよう。いい天気だといいなあ。その前にミルクたっぷりのモーニングコーヒーといこう。お前たちもその日は一日空けてもらえるね。母さんの車椅子を押してもらいたいし。朝食はわしが作る。とびきりおいしいみそ汁と御飯の和食だぞ。母さんのつけたぬか漬けも出そう。食後はゆっくりお茶を飲んで、昼まではみんな好きなことをして……まあ、親子水入らずでゆっくり過ごそうじゃないか」

父は楽しそうに続けた。

「昼ごろ、子門君と編集者の田村さんが来る。いや、まだ話してないが、きっと来てくれると思う。昼食は思いきり豪華にしよう。今まで節約してきた反動だ。メニューは、ううん、何がいいかな。どうだ？　おまえたち何がいい？」

「何がいいって……」

私と妹は口ごもった。妹の方は明らかに不機嫌な顔をしている。父も母も極端な締まり屋だった。要するにけちなのだが、二言目には地球環境を考慮してとか、限りある資源を守るためと言って、私たちが小さいころからみっちり環境教育をした。歯ブラシはすり切れるまで使わせられたし、トイレットペーパーは小の時は一回七センチと決まっていた。トイレにはプラスチックの定規が置いてあって、それで長さを測るように言われていた。大の時もいかに少ない紙で効率よく始末するかを実地教育された。水を出しっぱなしにしたり、トイレの電気を消し忘れたりすると、厳しく叱られた。三回続けて守れなかった時は、容赦なく尻を叩かれた。子どもは違反が二度だったか三度だったかすぐ忘れるが、母は忘れなかった。何度か尻を叩かれるうちに身体が覚えて自然とこまめに電気を消したり、水を節約するようになった。こうなると、他人の家でも勝手に手が動いてスイッチを切ったりするので、トイレの中で叫び声を上げた友人もいた。

　食事も必要な栄養素には十分配慮しながらも、決して無駄や贅沢はなかった。野菜や魚も無駄なく食した。アジの骨は唐揚げになっておやつに出てきたし、大根の皮は千切りにされて野菜炒めの中に堂々と混じっていた。家庭菜園ではいつも何かしら野菜を育てていた。真夏の暑い日に、父と屋根に出て、太陽熱で目玉焼きを作ったことがあった。太陽熱利用の実験だった。紫外線を避けるために全身を覆い、大きなつばの帽子をかぶって、あらかじめ太陽熱でじっくり熱しておいたフライパンに生卵を割り落とし、それが次第に固まっていく様子を汗を滴らせながら眺めた。黄身が固まるまでにはなかなか時間がかかるので、途中で休憩して棒アイスをなめた。それはガス代の節約というより、夏休みの自由研究だったが、今思い出しても楽しかった。そんな両親が計画する思いきり豪華な昼食とはどんな食事だろう。

「ＢＧＭは決まってるぞ。マーラーの交響曲第七番だ。これは子門君も大好きなんだ。もっとも彼は第五楽章のロンドは長すぎると言ってるが」

私が昔を思い出しているうちに話題が進んでいた。

「そのあとは、宮城の『春の海』ね。田村さんも意外と邦楽が好きなのよ」

母がにこにこしながら口を出した。子門さんというのは駅前の喫茶店の店主で、今の父にとっては一番気の置けない友人だった。二人は波長が合うというのか音楽や絵の趣味が共通で、子門さんが遊びに来ると、そのまま一晩泊まっていくこともあるようだった。六十代のスキンヘッドのおじさんだが、頬に交通事故でけがをした時の傷があり、ちょっと目つきが鋭いので、よくその筋の人と間違われるらしい。子門という芸名みたいな名前も本名なのか何なのかすこぶる怪しい。父がたまたま子門さんの店のカウンターでコーヒーを飲み、ひょんなことから話が弾んだのがきっかけで、すっかり意気投合したらしい。そのうち私も彼の店によく行くようになって、子門さんとは親しい間柄だった。

田村さんというのは母がお世話になった出版社の女性編集者だった。ずっと独身を通し、引退してからは悠々自適の生活をしている。母は五十代から詩やエッセイを書き始めて投稿するようになり、それらがいくつかの賞をもらった。その一つが田村さんの目に留まって、書きためたものを本にしないかという話がまとまった。その時母は六十近かった。それ以来田村さんとのつき合いが始まった。彼女は母より十五歳若いが、素人の母の文章を厳しくチェックし、助言してくれたそうだ。田村さんの下で母は詩集を二冊と、エッセイを一冊出した。私も彼女と面識があったが、いつも颯爽として気さくな人柄に憧れていた。

「午後から夕方にかけてはね、あたしとお父さんとで意見が違ったの。あたしはレンタルペットを借りてきてじゃれ合って遊ぶのがいいと言ったんだけど、お父さんは詩の朗読会だなんて言うのよ。あたしに詩を読めって言うの。そんなの、もう、たくさんだわ」

　そう言った母の顔は暢気に笑っていた。妹が我慢も限界という様子で口を出した。

「黙って聞いてれば、二人とも人ごとみたいに。本当にレクエなんて考えてるの？　不治の病に苦しんでるわけでもないのに、ほんとにそんなことしていいと思ってるの？　まだまだ元気じゃないの。衰弱して息も絶え絶えというのならともかく、死なれる方の身にもなってごらんなさい」

　妹は目を潤ませて怒りを隠さなかった。私は妹の激した様子に驚いた。

「タミー、電話で話した時はもっと落ち着いていたじゃないの？」

「そりゃ、そうよ。お姉ちゃんに食ってかかったってしょうがないもの。お姉ちゃんは平気なの？　親に勝手にレクエなんかされても」

父は穏やかな表情を変えず、お前はどうだというように私の方を見た。

「そりゃあ、いざその時になったら平気ではいられないと思うけど、あたしは二人の気持ちもわからないじゃないから、つまり、家族に迷惑をかけたくないとかいうんじゃなくて、自由な個人として自分の人生の最期をデザインしたいという気持ち。それも何年も考えに考えた結果だと言うし」

「そういうのを自分勝手というのよ。あたしはね、お父さんにもお母さんにもいつまでも生きててほしいの。たとえ、寝たきりになっても、認知症になっても！　あたしが引っ越してきて面倒見るわよ。どんなになっても、生きててほしいのよ。生きてるだけでいいんだから……」

妹の目の水たまりがあふれた。そんな妹を茶化す気にはとうていなれない。しばらく沈黙が続いた後、父が静かに語りだした。

「タミーの気持ちは嬉しいよ。そんなふうに言ってもらえるのは親として幸せだ。でもなあ、実を言えばわしはもう毎日しんどいんだ。日々体力が衰えていくのがわかる。お前たちにはまだ言ってなかったが、膵臓がんが見つかってな。つい二週間前だ。食べると鳩尾が痛んで背中まで痛い。食欲もないんで、病院に行ったら、そういうわけだった。膵臓は予後が悪いと言うしな。まあ、がんでもすぐに死ぬわけではないが、ステージ３で手術はもう難しいそうだ。つまり、余命はそう長くないんだ。転移は今のところないようだが、いずれにしても、これからだんだん衰弱して、もっとひどい痛みに襲われると思うと、わしの決断はいよいよ正しいと思えるようになった」

　私は驚いてまばたきもせず父を見ていた。妹もショックで今しがたの涙も止まった。固まってしまった二人の娘に母が穏やかに言った。

「そんなにびっくりしなさんな。事態は何も変わってないんだから。お父さんの病気がわかって、私の決心もいよいよ固くなったわ。でも、どうか勘違いしないでね。私は私で一人でよくよく考えて、決めたことなの。私がお父さんに従うのでもないし、お父さんが私につきあうのでもない。たまたま二人の考えが一致したから、それじゃ一緒にというだけよ。だから、間違っても無理心中なんて思わないでね。わかってると思うけど」

　穏やかな声音とは裏腹に母の顔は少しこわばっていた。そして、真剣な目で私と妹を見つめた。すると、何か考えているふうだった妹が「あっ」と叫んだ。

「お父さん、再生医療があるじゃないの！　ｉＰＳ細胞とか何とかから膵臓も作れるんでしょ？　新しい膵臓に取り替えるのよ。そうすれば、また元気になるわよ！」

母の話をまるで聞いていなかったようだ。父は黙って首を横に振った。母はあきれたというようにため息をついた。再生医療は一部でようやく臨床が始まったばかりで、保険がきかないから高額な費用がかかる上、未知のリスクの可能性もあり、術後のデータも乏しかった。

父が自発的な安楽死について思いをめぐらすようになったのは、世間で安楽死が話題になる以前からだという。安楽死先進国のオランダの事例などをインターネットで取り出して情報を得ていた。父は四十代のころから、意識的に自分の生の終末期を視野に入れて、人生をデザインしていたという。自分の生の終わりをだいたいこのくらいまでと漠然とでも意識することで、つらい時にも踏ん張れたし、どんな時でも限りある生を大切にしようという気になれたという。死を思うことでかえって安らぐのだと父は言った。父は薬剤師として病院勤めが長かった。と言っても、一つの同じ病院ではなく、三回変わった。ある時は、薬の副作用のことで真っ向から医師と対立して辞職に追い込まれ、ある時は、製薬会社からのリベートをめぐって不本意にも権力抗争に巻き込まれ、結局はじき出された。あと一度もやはり父の大勢に順応できず、集団から孤立する性癖のために辞職を余儀なくされたようなものだった。五十歳で郊外の小さな薬局を任されるようになって、定年までそこに落ち着いた。

父が五十六歳の時、父の母、つまり私の祖母が肝臓がんで亡くなった。八十二歳になる二週間前だった。祖母は病院のベッドで最後の最後まで可能な限りの手厚い治療を受けて息をひきとった。その時私は十九歳だった。見舞いに行っても祖母はいつも黄色く干からびたような無表情な顔で人工呼吸器や点滴や尿道カテーテルなどにつながれてじっと仰向けに横たわっていた。祖母と言葉を交わすことはできなかった。祖母が死を間近にして何を思い、何を望んでいたのか誰にもわからなかった。あの頃はまだ尊厳死も一般的ではなかった。意識不明になる前に、一度だけ点滴につながれた腕をわずかに持ち上げて、頭を左右に力なく振ったことがあった。「もうたくさん」と言っているように思われた。

　現役のころの祖母は家庭裁判所の調停委員として、多くの人々の相談に乗った。離婚問題や青少年の犯罪、子どもの問題行動などに懸命に取り組んだ。趣味で水彩画を描き、体力作りのため七十を過ぎても水泳をしていた。私と妹が小学生のころはよく市営のプールに連れて行ってくれた。帰りに屋台の焼きそばや揚げポテトを食べるのが楽しみだった。私は串刺しの揚げポテトが大好物だった。プールで泳ぎまくって腹ぺこの胃に熱々のポテトをソースに絡めて送り込むと美味しくて全身が小躍りした。祖母はソフトクリームでも何でも食べたいだけ食べさせてくれた。締まり屋の両親だったら、ああはいかなかっただろう。祖母は「親には内緒だよ」と言っていたずらっぽくウインクするのを忘れなかった。あんなに生き生きとしていた人が年をとって病気になったからといって、こんなふうに身体中管だらけでベッドに縛られて死んでいかなければならないのだろうか。生きる上でさまざまな自由と権利を憲法で保障された人間が、自らの死については何の権利もないのだろうか。ただただ延命至上主義の病院に身をゆだねる以外に。きっと父はあの時そのようなことを考えていたに違いなかった。父は初七日が済んでから言った。

「あれは俺の母さんの死じゃなかった。外から押しつけられた死だ」

父は語った。日本国民が天皇の臣民として自分の生き死にを国家にゆだねざるを得なかった時代は遙か遠い過去になった。同調圧力に弱いと言われる日本人だが、一人一人個人として自分の生活を設計し、幸福を追求する権利が新しい憲法によって保障された。だとすれば、すでにもう充分生きたと心から納得すれば、生命が形骸と化す前に自分の意思で人生に幕を引くことも幸福の追求なのではないか。人間の終末観は人によって違うのだから、すべての人が苦痛に耐えて最期まで人生を全うせよ、それが人として立派なことだとされるのは、価値観の押し付けではないのか。かねてからそう考えていたところへ、長年の審議を経てようやく安楽死法が施行された。国民は誰でも一定の条件の下で一定の手続きを経て、個人の責任として自らの終末をデザインすることが可能になった。この国でそんな法律が施行されようとは今もって信じられない奇跡だ。政治的な思惑が絡んでいるとは思うが、これでやっと自分の意思を貫いて生を全うできると父は喜んだ。これをもってようやく基本的人権が完成したのだそうだ。

父は七十五歳以上であるという条件をすでにクリアしているので、さっそく以下のような手順に従った。まず、市の保健課で用紙をもらい、安楽死を望む理由を文章にして提出した。それは四百字詰め原稿用紙にして一〜三枚のアピールを要求された。その場合、確かに本人が書いたことがわかるように手書きでなければならない。ただし、身体的障害や不治の病等で自ら筆を執ることはできないが、口頭などで明確に意思の表明ができる場合は、声の録音も可とされる。その用紙には何年何月何日にレクエしたいかを記入する欄もある。その期日はその書類を出す日から数えて半年以内であってはならない。また、一年以上先であってはならない。つまり、最期の日は書類提出から半年以上先、かつ一年以内ということになる。(ただし、不治の病の場合は別の規定がある)

父がその日付の欄に何と書いたか私も妹もまだ知らされていない。その文書は市の安楽死委員会で審査される。最初の審査に最短でも二か月はかかる。こういう審査はあまり迅速でない方がいいと考えられているのだろう。審査と言っても論文のようにその内容如何によって合否が判定されるわけではない。重要なのは安楽死の希望が確かに本人の自発的意思によるものかどうかを確認し、その証拠を確保することである。もちろん、その意思が確固としていて、継続的であることが説得力をもって記されていればいるほどいいだろう。審査後カウンセラーが本人と会って、確かに本人が自発的にその文書を書いたことを確認し、脅迫や強制をされていないか、実は経済的苦境がそれを選ばせているのではないか、家族に迷惑をかけたくないという日本人にありがちな気遣いによるものではないか、などについて詳細に検証する。カウンセラーの役割は極めて重要なので、一人ひとりのさまざまな事情を深く洞察し、冷静に受け止めて判断するための特別な訓練を受けた複数の専門家がこの重責を担う。

この同じ手続きが半年間に最低三度繰り返される。その都度所定のカウンセリング料を請求される。途中で翻意するのはまったく自由だった。報告によるとカウンセリングの効果あって、生きる方向へと転換する例が少なくないらしい。思い詰めていることを誰かに聞いてもらうことによって、それだけで思いのほか人の心はほぐれるものだ。カウンセラーが適宜福祉やピアサポートに繋げる場合も多々ある。本来なら安楽死の手前で必要とされている福祉や支援がないがしろにされてはならない。そういう意味では自殺予備軍を発見して結果的に自殺防止の役目も果たしている。この点が評価されて、七十五歳に届かない年齢の人でも、安楽死願望を強く持っている人には無料でカウンセリングを受ける機会を広く開放する案が現在検討されている。これが決定されれば十五歳の少年少女でもカウンセリングを受けて、短絡的な自殺願望を翻す機会を得ることになるのではないかと期待されている。七十五歳に達した人の場合は、熟慮の末本当に揺るぎない覚悟があると認められてはじめて、医師からレクイエス・エテルナの処方箋が出る。この薬は治療目的ではないから、健康保険の対象ではない。したがって、普通の治療薬よりかなり高価であるらしい。薬は実行日当日に医師がレクエ希望者本人のもとに持参する。前もって本人に手渡されることはない。万万が一、手に入れたレクイエス・エテルナを本人が使用せず、意図的に他者に服用させる事態を想定し、それを防ぐためだ。レクイエス・エテルナが犯罪に使われる可能性は極力避けられねばならない。薬は実行日当日医師が本人に直接手渡し、本人が自ら服用しなければならない。その結果についてもその場で当局に報告するということだ。

ちなみに、レクエの場合は保険会社から保険金は一切下りない。レクエが保険金殺人に悪用されるのを防ぐためである。薬の説明書の末尾にはこう書いてある。「この薬剤を服用の結果生じたいかなる事態にも、当局は一切責任を負わないことをここに明記します」しかし、薬が手に入ってもそれを服用するか否かは最後の最後まで本人の意思次第であるから、土壇場になって中止することももちろん可能だ。その場合は、必ず薬を薬局に返さなければならない。薬を返しても薬代は返却されない。届け出た期日にレクエを実行したかどうかは、立ち会いの医師から報告されるので、実行されなかった場合にもそれは当局の把握するところとなる。

父と母は三回目のカウンセリングをすでに終えて、レクイエス・エテルナの処方箋を待っているところだった。カウンセリングはそれぞれ別に一対一で行われたという。カウンセラーはその都度変わった。なるべく違った人と話をして、いろいろな考え方に接する必要があるからということらしい。特別の研修を受けたカウンセラーは決心を翻させるようなことをわざと言って、覚悟のほどを確かめるのだと父は言った。父も母もそれでも揺るがなかったのだ。

母は四十代まではごく普通の主婦だった。子育てをしながら、家事をこなし、子どもたちが小学生になって少し暇ができると、読書したり趣味の箏を弾いたりしていた。そんな母が四十代の終わりになってひどい更年期障害に襲われた。そのころ、私は二十代半ばでまだフリーターをしていた。母は身体のほてりや頭痛、肩凝り、めまい、不眠、極度の疲労などの症状をしきりに訴えていた。そのうち、朝も起きられなくなり、食事も摂ろうとせず、重い鬱状態になった。一時は部屋に引きこもって家事も全くできなくなった。布団をかぶって死んだように横たわっている母を父が抱きかかえるようにして病院へ連れて行った。抗うつ剤とホルモン療法で母は少しずつ生気を取り戻していったが、どうにか元の母に戻るまでにはそれから数年かかったのではないだろうか。しかし、元気を取り戻した母は正確には元の母ではなかった。運動選手が筋肉を鍛えて古い筋肉組織をいったん壊すことによって超回復するように、母は更年期障害から超回復を果たしたらしい。母は、やっと自分のやりたいことがわかったと言って、詩や文章を書き出した。今までたまりにたまっていたものを吐き出すように猛然と書いた。書いた詩やエッセイを片っ端から雑誌に投稿し、公募に応募した。最初はかすりもしなかったが、五、六年続けるうちに手応えがあって、ついに本を出すまでになった。

　娘としては自分の母親の書いたものなど、最初は気恥ずかしくて読む気にならなかったけれど、読み出すとけっこう引き込まれた。詩の中にはいかにもくさいと思うのもあったが、みずみずしい感性と、時に鋭く平凡な日常に切り込んでいく詩句に驚いた。母は更年期を境に変身した。それまでは新聞などそんなにまじめに読んでいなかったのに、何でも知りたい、吸収したいという意欲が出て、隅まで目を通し、特に関心のある記事は切り抜いて、さらに調べるようになった。父と政治や社会問題について意見を交わし、堂々と自分の考えを述べるようにもなった。母はある時私に言った。

「私は五十代の終わりころになってようやく私になったのよ。お父さんの妻でも、あなたの母でもない、本来の私にね」

　どうしてそんなに変わったのかと問うと、病気になったおかげだと答えた。健康なうちは忙しさに紛れて考えなくても済んでいた多くのことを否応なく考えさせられた。遙か昔の子どものころ、どんなことを考えていたか、それよりもっともっと昔に思える青春時代に何に悩んでいたかも思い出した。過去の様々なことを思い浮かべていると、脈絡のない事柄に道筋のようなものがかすかに見えてきたのだという。子どものころから絵本や物語を読むのが大好きだった。独身時代も暇があるといつも読書していた。でも、自分はいつも本を読む側の人間で、書くことができるなどと考えたことは一度もなかった。若いころ、日記を書いていたし、ノートに詩を書きつけたこともあったけれど、人に見せたことはなかったという。

「それがね、病気が快方に向かったころ夢を見たのよ。昔、詩を書いていた何の変哲もない大学ノートが風に舞い上がって空から降ってくる夢なの。ノートは一ページごとにバラバラになって、白い大きな花びらみたいにそこらじゅうに舞い落ちるの。向こうの方にそれを拾って見ている人がいる。こっちのほうでも女の人が拾い上げて見ているの。私は隅っこの方で何だかわくわくどきどきしながら、その光景を眺めてる。そんな夢だった」

「つまり、創造の病ってとこね。お母さんの病気はクリエイテブ・イルネスだったんだ。人生の次の段階に至る時に、その準備を促すような意味を持つ病気をそう言うんだって。何かの本で読んだわ」

　私がそう言うと、母は嬉しそうに目を輝かせて「なるほど、そうかもしれないねえ」と言った。そんな母が「いかに生きるか」よりも「いかに死ぬか」の方に人生のウエイトが移ってきたころ、安楽死に関心を抱いたのは自然な成り行きだった。母も父と同じように個人としての尊厳を保ちながら、人生の最後のページに自らの責任で署名をし、そっとそのページを閉じたいと考えた。病気で衰弱したり、見当識がなくなってからでは遅い。その前にすべてを準備しておかなければならなかった。心が健全で身体が動くうちに、心残りのないようにやりたいことをやっておこうと考えた。

　母は六十四歳でオランダに一年留学した。それは母にとって後にも先にもたった一度の海外体験だった。オランダではほとんど英語でこと足りるというので、母は日本の語学学校で英語と英会話を一年みっちり勉強した。それでも、向こうに行って最初のころはほとんど聞き取れず、思うことも話せず、やることなすこととんちんかんでだいぶ苦労したそうだ。加えて風土習慣の違いに悩み、イライラしたり、落ち込んだり、留学生活一週間にしてはや真剣に帰国を考えたそうだ。それでもなんとか踏みとどまったのは、かの地に二十年暮らしている日本人の女性と偶然知り合ったからだった。彼女はルリ・ファン・ハウテンといって、当時四十六歳だった。ルリは仕事でオランダに来て、オランダ人の青年と知り合い、熱烈な恋愛の末、結婚したという。彼女に日本語でいろいろ気落ちしたことや腹に据えかねることを訴えることで母は慰められ、何とか精神のバランスを保った。

　そもそもオランダの人々は日本に対して反感を抱く歴史的経緯があった。戦争中オランダの捕虜が日本軍に非人道的扱いを受けたことで、いまだに大きなしこりが残っていた。それでも、たいていの人は日本からはるばるやってきた小柄なおばあさんを快く受け入れ、助けてくれたという。ただ、レストランやカフェでたまにだけれど、飲み物が口紅のついたコップに入って出てくるのにはどうしても我慢ならなかったそうだ。ウエイターに文句を言っても「私どもはきちんと洗っております」の一点張りで動じないという。ルリによるとたいてい自動洗浄機で洗うだけなので、運が悪いとそういうことに遭遇するという。それでも、洗っていることには変わりないから、レストラン側は義務を果たしていると確信している。気になるのなら、自分でティッシュや何かで拭えばよいものを、それもしないで文句をつけるなんて、理解しがたいと考えるのだそうだ。

また、オランダ国民の徹底した個人主義は、日本人から見るとしばしば利己主義以外の何ものでもないと感じられた。シャワーが壊れてしまったので、修理を頼んだところ、約束の時間よりさんざん遅れてやって来た修理人は、まだ修理が終わらないうちにさっさと帰ってしまった。母はその理由がその時は何だかよく聞き取れなかった。後で確かめたところ、その日は子どもの誕生日で子どもと約束していたから、と悪びれる様子もなかったそうだ。ルリはそういうことはこの国では当たり前で、みんな自分と家族のために働いているのであって、会社や国家のために働いているオランダ人は一人もいないという。それはそれでいいけれど、お客のために仕事をするという発想もないのかしらと思った。ともかく、この徹底した個人主義があってこそ、オランダは安楽死の先進国になったのだと母は納得したそうだ。

オランダ王立医師会は世界に先駆けて不治の病の終末期における安楽死に関する公式見解を出した。王立医師会は次のような条件付きで安楽死を認めた。安楽死の要求は①患者が全く自発的に②十分に考えた上、③持続的なものであって、特定の期間に限られたものではない。④患者の「耐え難い苦痛」は、「疼痛」、「肉体的な苦痛」、「病気の容体」、「疼痛を伴わない肉体の崩壊」のいずれかに基づかなければならない。⑤安楽死の臨床について経験のある同僚に意見を求めなければならない。その後、オランダでは必ずしも終末期でなくてもその他の条件を満たせば安楽死が認められるようになった。さらに、安楽死の理由は精神的苦痛にまで広がった。

一九九〇年代の半ばに、オランダでシャボット事件というのがあった。精神科医のシャボット医師が人生に絶望した五十歳の女性患者に自殺幇助を実行し、死に至らせた。患者は離婚後、二人の息子に先立たれ生きる希望をなくしていた。精神科の治療を受けながらも長い間自殺願望を持ち続け、ついに自発的安楽死協会を訪ねて、シャボット医師と出会った。彼女はシャボット医師のもとでの精神科治療を拒み、一貫して安楽死を強く願った。シャボットは他の精神科の専門家六人に相談した上で、幇助を決め、致死薬を手渡した。検察はシャボットを「自殺幇助罪」で起訴したが、裁判の結果、一審二審では、患者が精神を病んでいたかは関係なく耐えられない苦痛を抱えていたこと、熟慮の末の自由意思に基づく自殺願望であったことが認められ、「緊急避難」を適用、無罪となった。最高裁の判決は「有罪なれども罰せず」と出て無罪が確定した。こうして、不治の病や肉体的苦痛を抱えていない「健常者」にも精神的な苦痛による安楽死への道が開かれた。

　母はこうしたオランダの安楽死合法化に至るプロセスを学んだ。そして、自分の死を見つめながら、見つめるがゆえにいっそう生を輝かせようとしている人々と交流して、それまでの確信をいっそう強固なものにすることができたという。生がそうであるように、死も本来個人が主体的に決めるべきものなのではないだろうか。七十代のオランダの女性が母に言ったそうだ。

「いよいよの時になれば、自分で死の天使を呼ぶことができる。その死の天使は愛らしくて、背中にはやっぱり小さな翼をつけているのよ。彼が確実に助けに来てくれる。それがわかっているから、死は人生を傷つける代わりに味方になってくれるのよ。むしろ、一時の短気で人生を縮めないように忠告してくれるはずよ。最後の究極の選択肢があるということが、強力な支えになるの。ええ、そうですとも。そうすれば、もっと気を楽にしてユーモアを持って暮らせることでしょう」

酸いも甘いもたっぷり味わって、十分生きたと心から感謝しながら、自分の決めた時に、自分の決めた場所で優雅に舞台から消えることができる。これこそ基本的人権の完成だ。七十五年の歳月を生き抜いた人にとって、自殺はもはや不名誉な絶望の叫びではなく、安らかな別れの儀式となった。それが許される時代に間に合って、本当によかったと母は言った。それでも、私は納得できなかった。普通の主婦だった人が六十四で留学し、詩やエッセイを出版するようになって、深刻な病気もなく傍目には充実した老年期を過ごしているように見えるのに、どうしてレクエが必要なのだろう？　そういう疑問を母にぶつけたことがあった。母は答えた。

「そのことはカウンセラーからもしつこく聞かれたわ。でも、本を出したからって、それが何だっていうの。むしろ、すごく恥ずかしいこと、はしたないことのように思える時がある。それはこの世に引き留める理由にはならない。どんなに言葉を連ねても説明しきれない気がするのよ。外からは一見、充実した老年期に見えても、人の心の奥の奥のことはね、本人にしかわからない、いいえ、本人にさえわからないかもしれない。ただ、カウンセラーにはこう言ったの。私は子どもの頃からどうもこの世になじみにくいところがあって、若い頃は随分と悲観的に過ごした。私には聞こえるのよ。私の中の子どもがね、もうじゅうぶんだから、早く元の世界に戻りたいって言ってるのがね」

　十一月の雨の午後、私は喫茶店「ポプリー」の扉を開けた。さほど広くはない店内は結構混んでいた。まだ一時前なので、サラリーマンやＯＬの姿が目立つ。私は空いていたカウンター席に座った。スキンヘッドにバンダナを巻いた店主の子門さんが「やあ、いらっしゃい」と声をかけてくれた。私はマンデリンを注文した。この店のマンデリンは焙煎度が深くなめらかなこくがあって、ミルクとシュガーをたっぷり入れても香りと苦みが落ちなかった。

「親父さん、元気かい。このところしばらく見えないけど、どうしてる？　まさか、もういっちまったんじゃないんだろうな」

　こんなことを平気で言うところがまた子門さんらしい。

「何言ってんの。マスターに知らせないでいくわけないでしょ。病気の方はあんまり良くないらしいの。切除はもうできない状態だったそうですよ。あの計画は着々と進んでるみたいですけど」

「着々とねえ」

　子門さんは吹っ切れない面もちで豆をコーヒーミールにかけた。騒音とともに芳ばしい香りが漂った。

「あたしだってね、手放しで賛成なんかできない。でも、父と母の人生ですもの、横から口出しする権利はないし、二人がよくよく考えてのことだから、それが最上なんだと思うことにしたの。膵臓がんでも頑張って生きようとしている人が大勢いるんだから、お父さんも……とか言えないしね」

子門さんは「そうだよなあ」と言ったきり、黙って手を動かしている。コーヒーを抽出するのに神経を集中しているのだ。銀色に光るポットの細い口を傾けて湯を真ん中から外側に向かって円を描くように注いでいる。粉をじゅうぶん膨らませるように慎重に湯を注ぐ子門さんの伏し目が頼もしく見える。何か重要な実験をしている化学者みたいだ。実験はみごと成功したらしく、子門さんは誇らしげに私の前に一杯の香しい飲み物を置いた。カップは青とピンクの幾何学模様だ。

「そうだな。しかも、二人一緒に手をつないで三途の川を渡るなんざあ、これ以上幸せな夫婦もいないだろうよ」

彼はそう言って目で微笑した。私はミルクを注いで、マンデリンを一口すすり、親指と人差し指でマルを作ってにっこりした。あちこちで席を立つ音がして、サラリーマンやＯＬたちがレジの方へ流れた。店内が空いたので、私は子門さんを独占できた。

「ねえ、子門さんなら、どうします？」

「どうするって、俺には一緒にいくようないい女はいねえよ」

子門さんはつるつる頭からずり落ちてきたバンダナを締め直した。

「そうじゃなくて、個人としてレクエを望むかってこと。人はいったいどんな時にそれを願うんでしょうねえ」

「そうさなあ。たとえすべてに恵まれていたとしても、どうしても癒されない何かというのはあるんじゃないか。俺は幸か不幸かそんな何かとは無縁だがな。俺の人生何だったかなあなんて薄ぼんやり思いながら、何となく死んじゃうほうがいいな。んでも、もしもだよ、もし二十四時間痛みに苛まれて一睡もできず、鎮痛剤も効かないなんてことになったら、俺だって耐えられないとは思うなあ。それほどでなくても、治る見込みのない病気に毎日苦しんでいたら、もう十分だと思う人もいるんじゃないか。それはその時その人でなくちゃわからない気持ちなんじゃないかなあ」

そう言いながら手はせっせと銀のスプーンを磨いている。隣で若い女性の従業員が時々こちらにちらりと視線を移しながら、サンドイッチを作っている。

「そうですねえ。たとえば、アルツハイマーとかで大切な記憶が失われていくとしたら、それがわかっているとしたら、生きながらえたいと思わないかもしれない。治療が不可能なら、病気が進行する前にその選択肢を使うことを考えるかも」

私はカウンターの上で頬杖をついた。

「うん。だからさ、それも人それぞれだな。親身になって支えてくれる人がいるといないじゃ大違いだろうし。記憶が失われていっても、自分が自分であることに変わりはないと思える人もいるだろうしな。でも、レクエという選択肢があるってことは歓迎するよ。まったく画期的な法律ができたもんだ。レクエなんてカタカナで言ったって、自殺だもんな。自殺が法的に認められるなんてこの国じゃ絶対あり得ないと思ってたよ。個人よりも家族とか周囲の人間関係を大事にする日本では、安楽死はなじまないと言われていたからな。狐につままれたみたいな気がするなあ。風が吹けば桶屋が儲かる式で、どこがどう繋がってんだか。まあ、年金もらわずに早く死んでくれた方が助かる立場の人もいるな」

「確かに。でも、日本でレクエが法制化される前に、安楽死先進国のスイスとかに行って目的を遂げた日本人は少なくないそうですよ。登録して順番待ちの人もね。それほどの耐え難い苦痛を抱えていたんでしょうね。日本人の中にも自分の人生は自分で決めるという自立した個人が増えたってことかもしれない。自立した個人なんて言うと、一人で突っ張って生きてる人みたいだけど、そうじゃなくて、家族や友人知人の絆ももちろん大事にした上で、自分の人生の終わりについて考える人だとあたしは思ってる」

「でもさ、あの週刊誌の記事、読んだかい」

「え？　何？」

「あのフリージャーナリストの死亡に関する疑惑さ」

「ああ、あれ。レクエの横流し事件との関連が噂されてる。権力とか財力にものを言わせて自由にレクエを手に入れられるとしたら恐ろしいことね」

「まったくよ。例のジャーナリストはある政治家と闇世界の関係について嗅ぎつけてたって話だ」

「そういう話を聞くと、安楽死法なんてやっぱりこの国には手に余るものなのかとも思っちゃうな。何事も安きに流れるのが人の世の常。そのうち厳しかったハードルがどんどんなし崩しになっていって怖いことになるんじゃないかなあ。政治的権力と医療側の権威者が結託したら何でもできるよね。実際、スイスやベルギーとかの安楽死先進国ではそういう傾向もあるらしいし……」

「そいつは知らなかったな。そっちの方じゃ、日本よりずっと個人の意思が尊重されてるのかと思ってた。一方で、倒産やリストラで何人自殺したことやら。衝動的な自殺はまだなくならないな。健康保険税があんまり高くてろくに医者にかかれない高齢者とか、介護保険料を天引きされたあげく、いざ使う段になったら貯金が底をついていて利用できなかったって話も聞くよ。安楽死法は悪賢い政治家と官僚に嵌められたんじゃないかって気にもならあな。とにかく、自殺でも安楽死でもいいから、生産性のない老人や病人はなるべく早く死んでくれってな」

そこで、私は前から気になっていたことを口にした。

「あのう、これは単なる想像なんだけど、たとえば老人施設のお年寄りを国家ぐるみで少しずつレクエさせたとしても、みんな元々何かしらの病気がありそうだから、死因は何とでもつけられるんじゃないかな」

子門さんはピクリと眉を動かした。

「やっぱ、そう思うかい。その話、まんざら想像でもないかもな。俺の知ってる筋からの情報によると……」

その時、扉が開いて女性の団体客がどっと入ってきた。子門さんは忙しくなりそうだ。私はコーヒーを飲み干して席を立った。彼はそのうち親父さんに電話するからと言って片手を挙げた。勘定を済ませて外に出ると、いっそう激しくなった雨が黄葉し始めた銀杏の葉を叩いていた。

十二月になって久しぶりに両親を訪ねると、田村さんが来ていた。穏やかな小春日和の窓辺で紫と黄のパンジーが気持ちよさそうに光を浴びている。ショートカットの髪を明るい茶色に染めて、黒のタートルネックのセーターを着た田村さんはとても若々しかった。母と田村さんは原稿を前に何やら話しこんでいた。父は寝室で休んでいるという。

「田村さんがね、ボランティアで私の原稿を見てくださるっておっしゃるから、申し訳なくてねえ」

母は老眼鏡の縁を押し上げて私に言った。私は心から田村さんにお礼を言った。

「何、水くさいこと言ってるの、二人して。しのさんはあたしが見込んだライターですし、何よりしのさんのエッセイを読むのが楽しみなんです。今度のはインパクトありますよ。テーマがテーマですからね。編集部に言って、装丁にも力を入れるようにさせますわ。定年退職したお婆さんがいつまでも口を出すと嫌われるでしょうけど、嫌われてたのは在職中からだから、かまいませんの」

田村さんは細い目をふっくらした頬に埋めるようにして「ほほほ」と笑った。私は邪魔をしないようにその場を離れ、父の寝室に行って小さくノックした。返事はなかった。そっと扉を開けて中をうかがうと、こちらに顔を向けて眠っている父の姿が見えた。静かに扉を閉めてリビングに戻ると、田村さんが台所でティーポットを洗っていた。「あ、やります、やります」と言って私は台所に立った。お父さんはよく眠っているようだと言うと、母がお父さんはこのところ夜眠れなくて起きていることが多いのだと言う。

「私も寝つきがいいほうじゃないから、二人で長いこと話してることもあるのよ。いろんなことをね。いつの間にか白々と夜が明けることもあるわ。たまには別の人と話したいと思うけどねえ。あはは。あ、そうそう、田村さんが立派な林檎を持ってきてくださったの。いただきましょ」

　母が目の前の袋から艶のある大きな林檎を出した。

「しのさんったら、あれで結構のろけてるんだから。あ、それ、あたしがむきましょう」

田村さんが横目で母を見やり、林檎に手を伸ばした。

「のろけるもんですか！　浮気の一つもしなかったのが、今となっては心残りでございますわ」

「あら、ま！　さようでございますか」

私は母を軽くあしらって田村さんに果物ナイフを渡し、紅茶の用意をした。テーブルにはざっくりした手焼き風のクッキーが楕円形の白いお皿に並べてあった。眠っている父には声をかけないことにして、女三人でティータイムをした。田村さんが紅茶にブルーベリージャムを入れてかき混ぜながら言った。

「今度の本の題名だけど、『黄昏に立つ』なんてのはどうかしら。凛とした響きがあって、何かこう決意が感じられていいんじゃないかしら」

　それを聞いて母は笑った。

「格好よすぎて気持ち悪いわ。私は『今日は死に日和』っていうの、考えたんだけど」

「それって、あんまり露骨すぎない？」

私が異を唱えると同時に、田村さんが言った。

「あ、いいんじゃないですか、それ」

「ね。いいでしょ？」

田村さんがふっくらした唇をぺろりとなめてから話し出した。

「今初めて話すんですけど、私もいずれ野上さん御夫妻と同じことをしようと思っているんです。それが今の世の中で迎えうる一番幸せな最期だろうと思うから。もちろん、その前に交通事故で死ぬか、心臓発作か何か急な病で死ぬことになるか、わかりませんけどね。ただ、老衰して老人ホームに入るのだけは嫌なんです。そりゃあ、今では一昔前と違ってほとんどが個室だし、必要な介護も受けられると思うけど、やっぱり集団志向なんですよ。特養に入っている私の伯母なんか、食欲がないから今は食べたくないと訴えても、決まった時間にちゃんと食べることが一番の健康法なんですよとか言われて、無理矢理起こされて口の中に食べ物を押し込まれたって言ってたわ。その時伯母は熱を出していたんですよ。体温も測らず義務的に食事させるなんてね」

うなずきながら聞いていた母が身を乗り出して言った。

「伯母様はきちんとものを言われる方のようだけど、お年寄りはやっぱり弱い立場だから、言いたいことも言わずに我慢してる人が多いんじゃないかしら。他に行くところがなければそうせざるを得ないわね。抗議したり批判したりすれば、いじめや暴力にあうかもしれないし。そういう話も聞いたことあるわ」

「ほんとにねえ。でも、中には一人ひとりの経歴や趣味なんかを調べて、その人らしさに配慮した介護を実践しているところもあるらしいけど、経営側にそういう意識がないと難しいわね。実際、介護の現場で働く人は厳しい労働条件の中で頑張っていると思うけど」

「で、やっぱり最後は『今日は死に日和』。ね、千草ちゃん、どう?」

田村さんがいきなりこっちに振ってきたので、私はあわてた。

「いや、その、理解はできますけど、私にはそんな覚悟はまだ……」

「そりゃそうだわ。あなたはまだ五十を過ぎたばかりだもの。六十半ばの私だって、すぐにそんなことする気はないわ。ただ、還暦を過ぎたころから考え始めて、揺らぎながらもそっちの方向へ進んでるというだけ」

寝室のドアがばたんと閉まる音がして、振り返ると父がガウンを羽織ってこちらへ来るところだった。父の顔にはまだ眠気が張りついていて、目が少しむくんでいる。

「やあ、千草も来ていたのか。すっかり昼寝してしまった」

父は田村さんに挨拶して洗面所へ行った。私は父のために紅茶を入れた。父は戻ってくると紅茶を一口飲み、変色しかけた林檎を「うまいなあ」と感慨深そうに食べた。

「お加減はいかがですか」

田村さんの問いに父は笑いながら答えた。

「いやあ、痛みが出てきましてね。まだ、鎮痛剤で抑えられるが、それだけに不気味で、夜中はちとつらい。いつ、もっと激しい痛みに襲われるかと思うと不安でね。ゆっくり腹式呼吸することにしてますがね。それにしても、」と父はティーカップを置いて続けた。

「医者というのはどうしてああ患者の痛みに鈍感なんでしょうな。痛みに襲われた時、救急車で大学病院に搬送されたはいいが、痛みを取って楽にすることよりも検査優先で痛みの処置は最後ときたもんだ。人を病気の標本みたいに思ってる。途中で鎮痛剤を打ったっていうが、ずっと痛みが治まらなかったんだ。人が苦しんでるっていうのに、まったく医者の人間性を疑うよ。そういうのは随分改善されてるとばかり思っていたが」

「ほんとに、あの時は憤慨してよけい痛みがひどくなったみたいでねえ」

母が二つ目の林檎をさくりと齧った。私はまた、人が食べた数を数えている自分に気がついた。今クッキーに手を伸ばしている田村さんはこれで四つ目、母の食べたクッキーは確か三つだ。一方、自分の胃に収まった数はわからない。

「それがね、とんでもないんですよ」

四つ目のクッキーを食べ終わった田村さんがお代わりした紅茶をすすって言った。

「五、六年前のことなんですけど、私の知人がね、舌の根の粘膜が膨らんでこう、突き出してきたんですって。心配で病院に行ったら、それがガンだとわかって医者はとにかくすぐ手術しないと命の保証はないと言うんだそうです。それがどういう手術で術後どうなるのかという話はぎりぎりまでなかったそうで、それがわかってみると、術後は噛むこともできなくなって、話すことも不自由になると言うんです。そんな重大なことをぎりぎりまで知らされないで、それはもうびっくりして、それは困る、そんな手術なら拒否すると言っても、医者はもうスケジュールは組まれていると言って無視しようとしたそうです。そして、流動食しかとれないことを心配しているようだが、流動食の方がよっぽど栄養がとれるのだと言い張って、患者の生活の質なんか全然関心がないって感じで、それは高圧的だったそうです。その人はたまらず病院から脱走したそうですよ。その後、別の病院で放射線治療を受けたんですけど、それがうまくいって今は普通に生活してますよ。こんなことがまだあるんですね」

「まったくねえ。どんなになっても患者はとにかく生きて呼吸してればいいと考えるような医者がまだいるんでしょうかねえ」

　母がため息をついた。

「この国の医療制度はもともと官立大学の付属病院を中心に発達したんだ。指導したのは高圧的な軍医で、患者ははっきり言って教材、実験動物だったんだよ。治療費が無料だったこともあって、患者が医者にもの言う権利なんてまったくなかった。患者は何をされても文句は言えない。むしろありがたいと思わせられた。そういう悪しき伝統が後々まで残っているというわけだ。インフォームド・コンセントも医者によりけりだな。一通り義務的に説明して、はい、終わりという人もいれば、本当に誠実に患者の側に寄り添ってあれこれ考えてくれる人もいるよ。患者の側の意識の問題もあるしな」

「そうよ、お父さん。患者の方も医者の言うなりじゃなくて、ホテルのサービスを利用するのと同じ感覚で堂々と渡り合うべきだわ。医者も患者の意識に応じて態度を変えるって言うし」

　私は父のカップに紅茶を注ぎながら言った。

「まあ、医者と喧嘩するつもりはないよ。わしの主治医はよくやってくれるよ。いくつかの治療法をあげて、それぞれのメリット・デメリットを細かく教えたうえで、どれを選ぶかはこちらの選択次第というわけだ。レクエについても否定的な見解ではなさそうだ。あくまで個人の自発的意思を尊重するという姿勢で、必要ならそのためのリポートも書くそうだ。ありがたいことだ」
父は急に安堵したような表情になった。目を細めて笑うともなく笑っている。もう心は半分向こうに行っているのだろうか。父はクッキーには手をつけず、うまいと言った林檎もやっと四分の一切れを食べただけだった。本当はようやっと食べたのに、みんなの手前、気を遣ってうまいと言ったのかもしれなかった。田村さんは母の原稿を持って五時ごろ帰った。それから、私が夕食を作り、三人で食卓を囲んだ。父は食が進まない様子がはっきり見て取れた。箸は動かしているものの、父の口に入るのはほんのわずかで、煮物もチキンの照り焼きもほとんど残した。今までの父は出されたものはきれいに気持ちよく食べてくれる人だった。

家に帰ってから、両親から聞いた至福生命のぽっくりプランの内容を思い出した。「その日」の一週間前に生前葬のようなパーティーを開き、その後、一泊で温泉に行く。それらの費用と遺言の作成、火葬、埋葬、墓地の費用などがセットになって、一括払いのコースだという。葬式はしないそうだ。ごく近しい者だけが、火葬、埋葬に立ち会ってくれたらいいという。海の見える広々とした公園墓地の一角を買ったと聞いた。

財産については、以前から期待しないように言われていた。財産と言っても不動産も株もなく、少しばかりの預金があるばかりだろう。私も妹も経済的に自立するように育てられてきたので、今さら親のわずかな遺産をあてにするつもりはなかった。妹にはりっぱな配偶者がついているし、私も何とか翻訳の仕事で食べていける。だから、父がこう言った時も別に驚かなかった。

「その時には、おまえたちには最後のお小遣いを上げよう。だが、それで車を買おうと思っちゃいかん。冷蔵庫を買い換えようと思ってもいかん。千草、辞書の一冊ぐらいは買ってもいいぞ。タミー、新しいコーヒーカップのセットなら買えるだろう」

本当にその程度しかないのだろうと思っていたら、うん千万で野上基金を作るというので驚いた。誰でも個人がお金を出してマイ基金というものを作れる民間の組織があるそうで、そこに登録して手続きすれば、その資金を希望する目的のために使うことができるという。その手続きもぽっくりプランの中に入っている。両親が望んだのは法的に福祉の谷間にいて、どこからも援助の手が差し伸べられない人を対象に、法の不備が解消されるまで援助する基金の創設だった。薬剤師をしていた頃、福祉の谷間に取り残されて、病と闘いながら生活とも闘わなければならない人たちを多く見てきたからだと父は言った。思い詰めてついに自殺した人もいたそうだ。博愛精神を衒わず、気負わず、さらりとそういうことができる社会は悪くない。期間は基金が底をつくまで。そのようなささやかなマイ基金がすでにたくさんできているという。

年が明けた。私は年末からずっと急な仕事に追われて暮れも正月もなく過ごした。たいてい大晦日は両親のところで過ごす習慣だったが、今回は部屋にこもって仕事をした。もう少しというところで風邪を引いて熱を出し、結局締切を一週間延ばしてもらった。それがようやく一段落した二月はじめ、私と妹はまた、大事な話があるからと両親に呼ばれた。

どんよりと雲って雪でも降りそうな日曜日、私は両親の家の戸口に立った。庭にある何本かの樹木はキンモクセイ以外落葉樹だった。裸の木々が細々と寒そうに立ちつくしていて、目を楽しませてくれる彩りはなかった。ドアを開けたのは先に到着していた妹だった。妹は今にも泣き出しそうな顔をしている。

「お父さん、あまりよくないみたい」

彼女は私の顔を見るなり、囁くようにそう言った。電話で様子は聞いていたが、父の顔を見るまでまだそんなではないだろうと漠然と思っていた。しかし、安楽椅子に深々と身を沈めている父はげっそりやせていた。それは急激な変化と思われた。私は仕事にかまけて一か月半の間、顔を合わせなかったことを後悔した。

「放射線治療は期待したような効果が現れなくてね、かえって副作用で苦しんでほとんど食べられなくなったのよ。見る見るうちにやせちゃって。治療は予定より早く切り上げたんだけど、あっという間に六キロ減ってしまってねえ」

母もつらそうにかたわらの父を見やった。父は今は穏やかな表情に見えた。一月末から背中の痛みが激しくなってきて、強めの鎮痛剤でも効かなくなった。今はモルヒネの持続皮下注射を行っているという。これは、胸の皮下に固定した注射針とモルヒネの生理食塩水溶液を入れた注射器とをカテーテルでつなぎ、微量ずつ一定のスピードで持続注射するものだそうで、そのおかげで痛みからは解放されている。

「だいぶ、スマートになったろう？　母さんが俺に惚れ直して、しょっちゅう切ない目で見るんで困っちまう」

父はおどけて言った。

「何言ってるのよ。このとおり、口が減らないのが取り柄と言えば取り柄だわね」

母はそう言って、娘たちにちゃんと説明するように言った。

「実は、思いのほか病気の進行が速いようだ。放射線が効いた例もあるというんで、やってみたがだめだった。残された日々の生活の質を維持するためと考えたんだがね。もう一切治療はしないと決めた。副作用でかえって生活の質が落ちるからね。今はまだ口から何も食べられない。吐いてしまうんだ。でも、副作用が治まったら、また食べられるようになるだろうと言われてる。ホスピスにでも入る段階なんだろうが、それはしないよ。おまえたちにも前から話しているように、自分の決めたことを実行する時がいよいよ来たと感じている。大事な話というのは二つあるんだが、一つはその日を決めたということだ」

そう言って口をつぐんだ。妹の唾を飲み込む音が聞こえた。自ら沈黙を破って父が言った。

「おまえたち、許してくれるね。その日は、来週の日曜日だよ」

あと一週間。私はほとんど聞き取れないような声でつぶやいた。妹は無言だったが、その頬には涙が止めどもなく流れていた。沈黙が続いた。沈黙の中で父も母も妹も私もそれぞれがたくさんの言葉を発していた。それらは入り乱れて飛び交っていたが、誰もそれを音声に乗せて空中を伝播させることができずにいた。その中で一人雄弁なのは父だった。

「ローマ帝国の時代に生きたセネカを知ってるかい？　暴君ネロに仕えた哲学者だ。彼の著作に『老年について』というのがある。その中でセネカはこんなことを言ってるんだ。

『老齢のために精神的能力が破壊されていくとしたら、そして、生きているとは名ばかりで息をしているだけになるなら、私は旅立とうと思う。病気にかかっても、それが治せるもので私の精神が損なわれないなら、死によって逃れようとは思わない。しかし、苦痛があってその苦痛のために私の精神的活動が妨げられるなら、私は旅立とうと思う』この個所はもう何十回も読んだから覚えてしまったよ。つまり、こういうことだな。生きてるってことは精神の活動があってはじめて実感できることだから、それを実感できるうちにこの世と別れたいというんだな。現実にはセネカはネロの命令によって自殺することになったんだが、その死は安楽なものではなかったようだ。わしはもう今年八十四だ。十分生きた。これ以上思い残すことはない。仕事もしたし、おまえたちのおかげでいい家庭も持てた。こうして話ができるうちに感謝しながら、旅立ちたい。セネカと違って血まみれになったりしないで苦しまずに逝くことができるのも、まったくもってありがたいことだ」

　部屋は心地よく温まっていて、加湿器からは細かい霧のような蒸気が吹き出ている。私は夢を見ているような心地になった。家族が居間に集まって心を寄せ合っている。父がいて、母がいて、妹がいて、私がいる。いなければならない者が一つところにみんないる。それだけのことなのに、それだけで心が満たされた。幸せな余韻の残る夢。そんな夢を以前に見たことがあった。その時の感覚と今の感覚がだぶって、どちらが夢なのかと思い戸惑っていると、妹の声が聞こえた。

「お父さん、あたしもあれからよく考えたの。夫とも話し合ったり、本を読んでもまた、考えたわ」

　タミーの声は驚くほど落ち着いていて、頬の涙も乾いていた。

「残される家族のことも考えないでレクエを望むなんて、エゴそのものだし、本当に自分勝手だとずっと思っていた。でも、気がついたの。どんな状態になっても生きていて欲しいと願うのもまた同じようにエゴなんじゃないかって。それに、今お父さんは病気と闘っている。残される者のためにその苦しみと最期まで闘って欲しいとは言えないわ。肉親であっても、お父さんの苦しみや死にとっては他人でしかないし、やっぱり他人の視線でしか見られないんだわ」

父は肉のこそげ落ちた顔を喜びに輝かせた。本当に、その時の父の嬉しそうな顔は無邪気な幼子のようだった。

「ありがとう。タミー。これで本当に何も思い残すことはない。わしはすばらしい家族を持った」

「お父さん、私、理解してるようなこと言ってたけど、本当はタミーがこの前言ってたこともよくわかるし、揺れながら無理矢理納得させてた感じだった。でも、今タミーの話を聞いて、改めて納得できたような気がする。誰でも自発的な死を選ぶ権利があるんだわ。もちろん、条件つきでね。その権利を使うかどうかは、誰にも遠慮や気兼ねをする必要はなく、ただ自分の心とよくよく相談して決めることよ。その選択肢があるということは、成熟した市民社会の証だと思う」

私は少し興奮していた。気持ちが高ぶっていたのだ。それを冷ますように母が笑い声をあげた。

「その成熟社会ではね、一度決めた期日を延ばすことだってできるのよ」

「延ばすって？」

私とタミーが同時に声をあげた。

「もう一つの大事な話というのはそれなの。私、お父さんをきちんと見送ることにしたの。実行期間の期限までまだ少しあるから、私はぎりぎりまで延ばすことにしたのよ。いくら夫婦で仲がいいからといって、一緒にいくのはやっぱり心中みたいで嫌だし、本が出るのを見たい気持ちもあるし、何より、お父さんがその方がいい、ぜひそうしてくれって言うから」

「わしは、そもそも、母さんはまだまだ早すぎると思う。何なら、やめたっていいんだ、いや、やめるべきだと何度も言っていたんだ」

私とタミーは口々に「そうだそうだ」と言わずにはいられなかった。母は、きっぱり「それは私が決めること」と言っただけだった。それで二つ目の「大事な話」は終わった。私が冷めたお茶をすすっていると父が「そうそう」と言って、手を挙げた。

「そこに写真ができてるよ。ほら、そのテレビの横」

そちらを見ると、テレビの脇の雑誌立てにそれらしい袋があった。タミーが取って薄いピンクの袋から表紙のついたりっぱな写真を三つ取り出した。それを見て、私もタミーも歓声を上げた。と言うか、タミーは大きく後ろにのけぞって吹き出した。そこには何とも珍妙な四人が写っていた。

「これは傑作だわ。最高ね！」

私も手を打って大喜びした。父も母も満足そうに目を細めている。もうさんざん笑ったのだろう。

四人で記念撮影しようと母から電話がかかってきたのは去年の十二月半ばだった。私は仕事を受けたばかりだったが、父が少しでも元気なうちにと思い、すぐ妹に連絡を取った。両親と共にタクシーで駅前の写真館に行き、妹と落ち合った。ただ写してもらうのはつまらないからと、めいめい好きな貸衣装を着て変身することになっていた。それで、父は剣の達人風の侍、母は忍者の「くの一」、妹はアラビアンナイトに出てくるようなお姫様、私はかねがね一度男装してみたいと思っていたので、マフィア風のダンディーな背広姿で帽子と口ひげもつけた。変身スタジオというのがあって、そこには古今東西ありとあらゆる衣装と小道具がそろっている。五、六年前からはやっている商売で、様々な変身願望を叶えてくれる。利用者は卒業記念の若者と人生に飽いた中高年が多いらしい。

侍と「くの一」はいいとして、そこにアラビアのお姫様とわけのわからぬマフィア崩れみたいなのが加わると、もう何が何だかわからない。奇妙きてれつな四人組だった。特におかしいのは母で、忍術をかけているような手のポーズのためか両目が寄ってしまっている。忍者のくせに深々とソファに座っているのもおかしい。父は父でポニーテール風のカツラをかぶって腰に差した刀の柄に手をかけている顔があまりに生真面目で吹き出してしまう。妹はなかなか妖艶でいかがわしく、マフィアの使いっ走りみたいな私はどう見ても学芸会の乗りだ。その写真を見ながら私と妹は涙を流して笑った。

「千草もタミーもそれぞれ持って行きなさい。我が家の家宝だ」

父がそう言うとタミーがうなずきながら言った。

「ほんとうね。落ち込んだ時にこれを見たら元気になれそうだわ。ちょっと、このお姉ちゃんの靴、底上げしてるってわかるわよ。身体のバランスおかしいもん」

そう言ってまたくつくつ笑い出した。上背を出すために私はかかとが十二センチの特製の靴を履いていた。

「これ、なんだかんだとお金かかったよね。質素倹約が家訓の野上家としては一世一代のイベントだったよねえ」

「あら、千草、それもぽっくりプランで賄ったのよ」

「ああ、そうだったの！」

私とタミーは大いに納得した。しあさっては盛大なパーティーを開いて最後の語らいをする予定だと母が言った。子門さんと田村さんにももう連絡済みで、オーケーの返事をもらってあるそうだ。父はリタイアしてから仕事や親戚関係の世間のつき合いから身を引いて、気ままな生活をしてきた。親戚の結婚式や法事も必要最低限にして、虚礼的なつき合いを避けた。父の兄弟のうち兄はすでに亡くなり、二つ年下の妹が遠く離れた長崎にいるが、高齢でやはり病気がちであった。後から知らせる方がよかろうと父は言った。

水曜日の昼の正午過ぎ、お客さんたちが両親の家にやってきた。お客といっても、当初は子門さん、田村さんの二人だけだったが、妹の夫と二人の息子たちも是非出席したいと言ってきて人数が増えた。私と妹は朝から料理や飲み物の準備をした。妹の夫がレンタルショップで大きな丸テーブルを二つ借りてきた。これで総勢九人がゆったり席に着くことができる。ついでに綺麗なレースのテーブルクロスも借りた。テーブルの真ん中に妹の上の息子が花を生けた。彼はフラワーデザインの専門家だった。結婚式場やパーティーの席で花をデザインするのはお手のものだった。二月の半ばで花の種類は少なめの時季だったが、彼のデザインした花を見てみんな感嘆の声を漏らした。彼の選んだのは、ネコヤナギと寒桜、そして、春を呼ぶミモザ、それから淡いグリーンのかかった何ともさわやかな白い花だった。

「これはジャクリーンといって、小型の蘭です。ジャクリーンは一年中開花して春の花というわけじゃないんですけど、全体に早春のイメージでまとめてみました」

花は白い陶器の壺にL字型にアレンジされていた。たわんで風に流れるようなネコヤナギが高く立ち、小さなピンクの蕾をつけた寒桜の枝がそれに寄り添っている。大きく右側に流れるミモザの明るい黄色が直線的な枝ものの堅さを取り去り、ジャクリーンの柔らかな色合いがミモザと交じりながら思いきり右下に垂れて、躍動感のあるLシェイプを形作っていた。

料理は仕出し屋でオードブルと肉料理、魚料理を何種類も注文した。家庭の味も欲しいというので、煮物とちらしずしと豚汁を私とタミーとで作った。飲み物も、ビール、ウイスキー、ワイン、酒、ウーロン茶、ハーブティー、ジュース、コーヒー、紅茶と何でも取り揃えた。色とりどりの料理がテーブルいっぱいに並べられ、綺麗に磨かれた食器類が置かれた。飲み物が注がれると、何やかやと私語を交わしていた人々が静かになって、所在なさそうに顔を見合わせた。ややあって父が安楽椅子に背をもたれたまま口を開いた。

「みなさん、今日はわざわざ来てくださってありがとう。いやはや、そんな深刻な顔をしないで、まじめな顔をされると、わしの方が困っちまうよ……いや、大丈夫、大丈夫。みんな、心ゆくまで、飲み、食べ、語ってください。けちで有名な野上家としては一世一代の御馳走です。さあ、乾杯しよう。この際面倒な能書きはなしだ。乾杯！」

父は文節ごとに言葉を区切ってゆっくりしゃべった。しんどそうな様子に途中で母が心配して言葉をかけた。だが、父はことのほか上機嫌だった。

「乾杯！」

みんなそれぞれの飲み物を飲んで、会食が始まった。父は幸い副作用の症状が薄らいで少しなら食べられるようになっていた。父はやせた頬に微笑を浮かべてお茶をすすり、オードブルに手を伸ばしている。私はＢＧＭにバッハの管弦楽組曲第三番をかけた。わいわい言いながらひととき会食が続いた。みんなが空腹を落ち着かせたころ、ブルーチーズを頬張り、赤ワインを流し込んだ子門さんが大声で言った。

「しかし、なんですな。人間というのは、国家や古い因習にがんじがらめにされている時は、心底そこからの解放、自由を求めるもんだが、ある程度の自由が保障されると、それ以上の自由は求めなくなる。本当の自由は不安と孤独と自己責任を生むから、多くの人はそれを望まない。適当に保護され、管理されている方が楽だからなあ。ところが、野上さん、あんたは本当に自由を欲して、その道を選んだ。そりゃ、俺だって最初に聞いた時は驚いてぶっ飛んだ。よくもよくもまあ、この俺を置いてきぼりにしてそんなことができるもんだとな。でも、酒を酌み交わしながらじっくり話を聞くうちに、そうか、そういうもんかとわかってきた。それでも、やっぱり、やっぱり……寂しいよなあ……」

いきなり話が核心に及んだので、私は動揺した。他の人たちも一瞬食指が止まったように見えた。父はじっと俯いている。そんな中で落ち着いて話を引き継いだのは母だった。

「子門さんたら、相変わらず単刀直入なんだから。でも、そういうところがいいのよね。そのお気持ち、本当にありがとうございます。夫は今、感極まっているようなので、私に少しお話させてください。議論は大歓迎ですよ。夫も私も変な遠慮なんかなしで、忌憚なく何でも話せる場にしたくて、このメンバーにしたんですから。まあ、世間では老人がレクエなんか選ぶのは家族が冷たいからだと考える人もいるけど、誰が強制するでもない、本人の自由な意思なんだから、言いたい人には言わせておけばいいのよ。この際、みんな日頃考えてることを何でも話してみたらどうかしら。レクエのことじゃなくても何でもね。言いたいことを言っても、殴り合いが起こることはまずなさそうだし」

母が笑い声をあげると、つられてみんなが笑った。笑い声にまじって「あのう」と声をあげたのは妹の夫だった。彼は子門さんと田村さんとは初対面だったので、簡単に自己紹介した。彼は妹と同い年の五十歳で商社に勤めている。

「タミーからお父さんとお母さんのそうした決心を聞いて、いや、お母さんの新しい決心も聞きました。よかったです、やっぱり。それで、はじめはですね、僕も戸惑いました。最初のころ、ご存じのようにタミーは反対でしたし、僕にしてもそれは自然の摂理に反することじゃないかと……でも、これだけ個人が尊重される時代になったのだから、自分の最期も自分で選べるというのは自然な流れだと思います。自然死を選ぼうと、安楽死を選ぼうと、その人の意思と責任であって他人は強制できない、それはその人の生き方を強制できないのと同じなんだと思うようになりました。世界的に見ても安楽死を法制化する国は増えています。キリスト教国でもプロテスタントの国にその傾向がありますね」

うなずきながら聞いていた田村さんがその後を引き受けた。

「キリスト教では六世紀あたりから自殺は神に対する罪であるとして、貶められたそうですよ。カトリックでは生命は神が与えるものだから、自殺も中絶も認めないんです。中世では自殺した人の遺体は埋葬されず道路にさらされたんですって。それ以前はローマ帝国の迫害の時代で、信者は進んで殉教したんですよね。天国で永遠の命を得られると信じていたからでしょうね。ローマの前のギリシアでも自殺は忌み嫌われるものじゃなくて、認められていたらしいんです。ソクラテス、プラトンによれば、この世はイデアの影に過ぎないんですね。その仮の世に別れを告げて理想の世界に赴く手段として、自殺は認められていたわけです。ストア派の何という哲人だったか、こんなことを言ったそうですよ。この世で一番幸福なのは、生まれてこないこと、二番目に幸福なのは、生まれてしまったらできるだけ早くこの世におさらばすることだってね」

「田村さんって、博識ねえ。でも、それって、あんまりペシミスティックじゃない？　かわいそうにその人たちって、よっぽど楽しみがなかったんだ」

そう言ってタミーはローストビーフを頬張った。

「君には楽しみが多すぎるようだね。この人、絶対自然死ですよ」

かたわらの夫の言葉にみんながどっと笑った。相好をくずしながら父は私に次の音楽をかけるように促した。私は前から父にリクエストされていたマーラーをかけた。

「お！　マーラーだね。第七番夜の歌だ」

やはり、子門さんが最初に声をあげた。すると、父が子門さんの篤い友情に応えるように明るい声で応じた。

「これはわが生涯最上の友、子門真人君と共に聞き倒した曲だ。子門君は第三楽章がいいと言うけど、僕は第四楽章のセレナーデだな。交響曲に初めてギターとマンドリンを加えたというのもおもしろい。穏やかで憧れに満ちている」

「確かに。でも、俺はやっぱり第三楽章スケルツォだね。これは暴走する前頭葉だ。つまり、めくるめく夜の夢の世界だよ。健全な日常性の中にぱっくり口をあけた裂け目みたいに、不気味でグロテスクで、それでいてかえって安らぎを感じるから不思議だ。そういえば、わがこよなく敬愛する野上さん、この曲には思い出があるんだったね」

父は慌てて人差し指を口の前に立てた。

「おっと、失礼」

子門さんも急に押し黙ったが、母が車椅子から身を乗り出して「あら、私には思い出、ないわよ」と言うと、父も子門さんも笑ってごまかそうとした。周りから、「お父さん、何なの？　どんな思い出？」「失恋？」「さては浮気？」といろいろ声が飛んだ。みんな父の思い出なるものを聞きたくてうずうずしているという顔を並べて父を見つめた。父は引っ込みがつかなくなって心底困ったような顔をした。

「いや、そんな大したことじゃないんだ。それは、その、昔も昔、大昔、わしが高校生のころ、憧れていた先輩が好きだった音楽で、そのテープを貸してくれた。それだけのことだ」

「はい、質問」と言って手を挙げたのは母だった。

「その先輩というのは女の子でしょうか」父は「いや、男だ」とぶっきらぼうに答えた。とたんに「うそだ、うそだ」の大合唱。今さら嘘なんかつくもんかと父は向きになって言い返した。

「うそじゃないですよ。だって、野上さん、そのゲイの先輩に迫られちゃったんだから。さぞかし紅顔の美青年だったんでしょうな。今じゃ想像できないけど」

子門さんの言葉にみんな歓声を上げた。父は「この、おしゃべりめ！」と子門さんをにらんでいる。タミーなどは「お父さん、もしかしてその気があったんじゃないの？」と騒いでいる。タミーの夫はにこりともせず「ゲイだっていいじゃないですか。ゲイの人権確立がこの国では遅れている」などと演説をぶっている。母も「あら、まだ私の知らないことがあったわ。この際、全部吐いてもらいましょう」と言って指を鳴らすポーズをしている。田村さんがそれをけしかけて、「子門さんとの仲も怪しいんじゃないの？」と口にした。みんなが爆笑して笑いさざめく声の合間に、ホルンとチェロが勇壮な第一主題を奏でていた。

　みんな適当にお酒が入って心が解放されつつあった。父もウイスキーを少しなめていた。みんなの笑顔を眺めながら、私はまた、これはすべて夢なのではないかという気がしてきた。私はいつも非常にリアルな夢を見ていた。現実の人々がそのままそっくり出てきて、これまたいかにも現実にありそうな展開になるのだった。ただ、夢の中の自分は子どもだったり、若い娘であることが多かった。私はそれらの夢をノートに書き留めていた。そうだ、いつか見た夢では、こんなふうに愛する人たちがそろって食事をしていた。確かこのメンバーだったような気がする。場所はどこか知らない大きな家だった。お城の中のようなきらびやかで美しい部屋。音楽が鳴り、みんなの笑いさざめく声が聞こえた。私は若く、青い綺麗なドレスを着ている。他の人たちも美しく盛装している。その時、急に音声が何かに吸い込まれるようにすうっと消えて、あたりは恐ろしいほど静寂になった。人々は相変わらず、食べ、飲み、話し、笑っているのに、音声のないビデオのように、上出来のパントマイムのように何も聞こえない。私は全身に冷や汗が流れるのを感じた。一瞬その夢と同じ状況が目の前に広がった。

「どうしたの？　千草」

突然耳に入った音声に私はぴくりとした。白昼夢を見ていたのだろうか。気がつくと、みんなが心配そうにこちらを見ていた。

「お姉ちゃん、何だかぼうっとしてたわよ。顔色もあまり良くないし、仕事しすぎじゃないの？」

タミーがなじるように言った。

「大丈夫よ。ただ、ちょっと、みんなが一緒にいるのっていいなあと思って、珍しく感傷的になっただけ」

うまくごまかしたつもりだったのに、その何気ない一言が思わぬ波紋を呼んだ。みんな一様に気がついてしまった。そのみんなの中からもうすぐ一人いなくなることに。そして、本当は誰もそのことを心底納得してはいないことに。その時、白昼夢は現実となって、にぎやかな音声が途絶えた。まるで楽しいピクニックの途中で突然断崖絶壁に行き当たったみたいに。続いて子門さんの言う「日常性の中にぱっくり口をあけた裂け目」が見えた。その断崖絶壁からおびただしい数の豚の群が次々と海に飛び込む映像が見えた。私の幻視に気づくべくもない父がゆっくり語り始めた。

「どうやら、千草が話すチャンスを与えてくれたみたいだな。やっぱり、最後にこの場で言っておかなくてはならないからなあ。わしもずいぶん考えた。がんでもおいそれと死なない時代に、自然死を待たないで逝くのはやっぱり自分勝手なんだろうか。ただ、病気から逃げてるだけなんだろうか。いや、待てよ、がんにならなくても実行しただろうか。宣言したから引っ込みがつかなくなっただけじゃないのか。許可が出てからもいろいろと考えた。何回も何回も、堂々巡りのようにして考えた。何しろ、やめようと思えばいつでもやめられるのだから。それでも……」

そう言ったきり、父は沈黙した。その間隙をついて話したのは母だった。

「私も強がってたけど、本当は揺れに揺れていたの。はじめ、この人と一緒にと思っていたのは、全く私個人の自由な意思だとか偉そうなこと言ってたけど、ほんとはただ、この人に先立たれて一人になるのが怖かったからかもしれない。逃げていた。けれど、この人はがんがわかって決意が固くなったのに比べて、私の方はあやふやになってしまった。気が塞ぐことが増えた。いっそのことやはり一緒に旅立ちたいというのも本当だし、いや、いや、本当はそうしたくないんじゃないかというのも本音。結局、そんなあやふやなことではだめだと思い定めたの。情けないわね」

母は気の毒なほどしょんぼりした様子で口を結んだ。

「何をおっしゃいます。しのさんにはまだまだやってもらわなければならないことがあるんですよ。御主人もそれを御承知なんです。しのさんが新しい選択をなさって、みんな喜んでいますよ」

母は田村さんに頷いて微笑んだ。そして、かたわらの父に、話の腰を折ったことをわびた。

父は再び続けた。

「いや、わしはもう何も言うことはない。こうして皆さんにきちんと挨拶をして人生という舞台から去ることができることに感謝したい。そう、わしが百パーセントわし自身でいられるうちに。あなたがた、大切な家族と友人に大きな心の負担をかけてしまうことは重々承知の上で、ここにいるみんなに、今まで出会ったすべての人にありがとうと言いたい気持ちだ。みんな、みんな、本当に……ありがとう」

そう言って父はテーブルの端で身体を支えながらゆっくり立ち上がり深々と一礼した。子門さんが拍手を始めると、みながそれに続いた。父は大きな拍手に包まれた。私は何か今まで胸につかえていたものがすとんと落ちたような気がした。

「俺はやっぱり、こういう時代に生まれ合わせてよかったと思うなあ。昔、俺の親戚に戦争中、思想犯でしょっ引かれてひでえ拷問を受けて廃人のようにされちまった男がいた。その当時は天皇陛下のために死ぬのが臣民の道と教えられて、それが当たり前だった。思想信条の自由なんてものは薬にしたくてもなかった。それが今じゃあ、曲がりなりにも個人の自由と尊厳が保障されて、安楽死の自由まである。いろいろと物騒な噂もあるけど、ちゃんと制御されさえすれば、歓迎だな」

　子門さんの言葉にみな頷いた。私は幻視から醒めていたけれど、その不吉なイメージについて言葉を発することはできなかった。変なイメージに襲われたのは翻訳の仕事でマルコによる福音書五章が出てきたからだと思った。そこには悪霊を移し入れられた二千匹の豚の群がなだれを打って海へと駆け下りみな溺れ死んだということが書かれていた。私はイカの天ぷらを噛みながら、そのイメージを遙か遠くのガリラヤの地へと追いやった。

　しばらく歓談が続いた。宮城の「春の海」や武満の「ノヴェンバー・ステップス」がかけられた。片づけはみんなが手伝ってくれた。さぞかし疲れたであろう父と、車椅子の母には何もさせないで、女たちは料理の片づけと洗い物、男たちは部屋を掃除し、大きなテーブルを畳んでレンタルショップに返しに行った。あっという間にきれいに片づいて、部屋は老夫婦の元のたたずまいに戻った。ただ、華やかな生け花がさして広くないテーブルを占領していた。お客さんたちが全員帰ったのは六時ごろだった。タミーも夫とともに引き上げ、部屋には両親と私が残った。

　その日までにまだ三日あった。思い切ってこれからの予定を聞いてみると、父は残りの時間は母と二人だけで過ごしたいと言った。当初予定していた温泉一泊旅行は体力を考えて取りやめにしたそうだ。もし来てもらいたい時は連絡するから、連絡がない限りはそっとしておいてほしいと母も言った。私は承知して順に二人の手を握り、オーバーを着て外に出た。風が冷たい。細い三日月が刃のように光っている。小さな庭は玄関の小暗い明かりだけでは何も見えない。梅の蕾がどのくらい膨らんだか見たかったのだが、梅の木のそばまで行ってもそれは確かめられなかった。

　その日の早朝、私は小さな花束を持って両親の家を訪れた。それは、私がホームセンターで買ってプランターに植えたパンジーだった。冬の間元気に咲き続けて、殺風景なベランダを彩ってくれた。翻訳作業に疲れると、私はその可憐な色彩の春を眺めた。そのささやかな花束をトートバッグの中に隠すように入れた。出番はまだ少し後になるだろう。タクシーの中で今朝方見た夢が蘇ってきた。またしてもあれだった。明るい陽光の降り注ぐ断崖絶壁から無数の豚たちがこぞって自ら身を投げる夢。豚はいつの間にか人間の姿に変わっていた。何か不吉な予兆のようにも思われ、暗澹たる余韻が残った。私は気を取り直して、仔猫のことを考えた。暮らしの中に愛くるしい仔猫がいたら、どんなにわくわくすることだろうかと。猫を飼ってみたい。ちっちゃなしなやかな体をそっと抱き上げて、柔らかい産毛に頬擦りして、見つめ合って、おしゃべりして、とろけるような甘い時間を過ごすのだ。

タミーと夫、二人の息子は早々と姿を見せていた。最後の日を家族みんなで過ごすためだった。今日は朝から寒くて小雪が舞っていた。それでも両親は散歩がしたいと言って、防寒具に身を固めて私たちを待っていた。父にも車椅子を勧めたが、父はどうしても自分の足で歩くと言い張った。私が杖をつく父に寄り添い、タミーが母の車椅子を押した。一行はゆるゆると、それはゆるゆると進んだ。まるでそのように時間が滞ることを願っているかのように。めいめいの吐く息がおもしろいように白かった。

時折、誰かしらが「あ、猫だ。太ってるなあ」とか、「まあ、綺麗な水仙」とか目についたものについて短く感想を漏らした。父は努めて平静を装っているようにも、無意識のうちにごく自然な様子でいるようにも思われた。「あの猫は野良だが、パトロンがいて餌に苦労はないんだ」などとのんきな様子で話した。母の方が口数少なく、緊張しているように見えた。タミーの夫と二人の息子はボディーガードのように私たちの後ろから黙ってついてきた。

近くの小公園まで行って、十五分足らずの散歩は終わった。風花のようだった雪が少し雪らしくなった。帰ってくると、父の顔には濃い疲労の色が見えた。体力の衰えた父には相当無理な運動だったのだろう。少し休むと言って寝室に引きこもった。母が今朝はどうしても自分で朝食をつくりたいというので、任せることにした。母は父の好物の野菜のたっぷり入った卵スープを作った。それから、鮭の切り身を焼き、焼き海苔とぬかづけを出した。若い息子たちのためにはタミーが肉と野菜の炒め物を作った。父が起きて来るまで待っていたが、母が様子を見に行くと眠っているというので、そのまま休んでもらうことにした。父以外の六人が朝食のテーブルについた。すると、まもなく父がよろよろと姿を見せた。タミーが走り寄ってその枯れ木のような身体を支えた。

「あなた、無理しないで」

皆の心配そうな顔に父は応じた。

「大丈夫だよ。もう一回散歩に出かけてもいいぞ」

「まったく、あなたって人は、ほんとにまったく口だけは達者なんだから」

朝食が始まった。

「庭の梅の蕾がだいぶ膨らんできたね。この雪でまた、しぼんでしまうかしら」

私はこの間から梅の蕾が気になっていた。

「ねえさん、梅はどうか知りませんけど、桜は寒さがないと咲かないそうですよ。桜の花芽は冬の寒さに一定期間さらされてはじめて成長を始めるそうです。梅の花も同じじゃないかなあ」

タミーの夫が微笑みながらそんなことを言った。母の作ったスープは美味だった。身体が内側からぽかぽかと温かくなった。父は他のものには手をつけず、スープだけ口にした。老夫婦と二人の娘は危うい均衡の上にかろうじて平静を保っていた。何かの拍子にたちまちその均衡が崩れるのが怖くて、私たちは食べることに専念した。いや、専念しているふりをした。お茶を飲みながらくつろいでいると、タミーの下の息子が言った。

「ああ、だいぶ積もってきましたよ」

窓の曇りを拭いて外を見ると、あの軽やかな白い生き物が地上のすべてをおのが腕《かいな》に抱き取ろうとしていた。それは冷たい抱擁だった。

「雪が降ると、すっかり世界が変わったように見えるのよねえ……」

母が独り言のように言った。私はこみ上げてくるものをぐいと飲みこんで食器を洗い続けた。タミーは布巾を投げて洗面所に駆けこんだ。タミーの夫と息子たちは小声で話しながら三人がかりでコーヒーの準備をしている。

その時刻は午後三時だった。担当の医師は三時きっかりに現れるだろうか。それとも、雪のせいで少し遅れるだろうか。いや、雪を慮り早く家を出すぎて、早めに着いてしまうのではないかと私は思った。

参考文献

●松田道雄『安楽に死にたい』岩波書店　一九九七
●R. ジャカール　M. テヴォス『安らかな死のための宣言』新評論　一九九三
●ネーダーコールン靖子『美しいままで』詳伝社　二〇〇一
●三井美奈『安楽死のできる国』新潮新書　二〇〇三
●児玉真美『安楽死が合法の国で起こっていること』ちくま新書　二〇二三

疲れた首にミミズを飼う

路地の角を幾度か曲がるうち、すっかり方向感覚をなくした。性懲りもなく同じ所に出てはまた地図を睨み、迷路に放たれた鼠よろしく右往左往する。六月下旬の蒸し暑い午後。面接場所は駅からさほど遠くないビルの一室なのだが、あるべき場所にそれがない。ママチャリを止めてタオルで汗をぬぐう。洗いざらしのごわごわしたタオルが適度に湿って友好的になった。通りかかったロン毛の若者に道を尋ねようと声をかけると、その無精髭のいかにも暑苦しそうな男はこちらに顔を向けることもせず、何事かぶつぶつと呟いてぬらりと通り過ぎた。あれは人ではなく何か季節性の特異な影だったに違いない。もう諦めて帰ろうか。無意識に自転車を方向転換した時、二股に別れた路地の一方にくすんだ青色の看板を見つけた。「第一万葉ビル」あった！　まるで金輪際誰からも見つかりたくないかのように、袋小路のどん詰まりにそれは隠れていた。廃墟のような黒ずんだコンクリートの壁には何かの蔓性植物がへばりつき、一部は窓まで覆い被さって今にも建物全体が植物に乗っ取られそうに思われる。不自然に細長いビルは、杖でもあてがってやりたい按配で微妙に傾いて見える。黄ばんだプラスチックのプレートには会社名がいくつか表示されている。その中に「山岸疲労学研究所」もあった。中に入って四方を見回したとたんに鼻がむずむずした。派手なくしゃみを二発放った。思いの外ひんやりした空気に汗が引いていく。薄汚れた壁、剥き出しの配線コード、殺風景な灰緑色の通路を眺めるうち、このまま帰ることが最も正しい選択のように思われた。しかし、諸般の事情からそうもいかない。四角い文明の利器が口を開けて人が入ってくるのを待っていた。人間を運ぶのが本来の仕事と思わせて、実はそのままずっと人間を閉じこめておくのがあやつの隠れた性癖でその機会を虎視眈々とうかがっている。性悪なエレベーターを横目で睨んで通り過ぎ、階段を三階まで上った。奥行きのない通路の片側だけにドアが三つ並んでいる。目的のドアはすぐに見つかった。ノックすると待ちかまえていたようにドアが開いた。

「あ、鈴村さん？　鈴村織絵さんですね。どうも、どうも。え？　道に迷った？　ああ、やっぱりね。驚きませんよ。ぐるぐる回ってへとへとになって山岸疲労学研究所に辿り着く人多いから。それって、疲労学研究所にぴったりでしょう？　おまけに、こんなおんぼろビルでね。建物からしてくたびれてる。いやあ、これ、僕の好みでしてね。こういう落魄の風情がね。ツルツルピカピカの元気そうな近代的ビルはどうも落ち着かない。あ、もしかして、もう帰りたくなったとか？　おや、図星？　まあ、せっかくいらしたんですから、どうぞ、どうぞ」白髪の老紳士は返事をする暇も与えず、大げさに両手を広げて「どうぞ、どうぞ」を歌うような変な節回しでしゃべった。部屋の中も実は明日廃業するのだと言われれば、なるほどと否定できないありさまで、大きな事務用机が一つと古びた応接セットが一組あるだけ、灰色の壁にはカレンダー一つ掛かっていない。他に社員らしい人の気配もない。促されて布張りの、これもくたびれたソファーに腰を下ろしたものの落ち着かない。帰ろうかと思った気持ちをいきなり言い当てられたのも気に入らない。丸眼鏡をかけた品性卑しからぬ外見の老人はにこやかに名刺を取り出して、ごく常識的な台詞と仕草とともにそれを差し出した。織絵も社会人としての品性を保つべく、社会通念上最大限望ましいとされる態度でそれを受け取った。返礼の名刺は持っていないので、改めて名乗り履歴書を取り出そうと鞄を開けた。「時に、鈴村さん、読書はなさいますか」鞄の中に突っ込んだ手が止まった。「は？はい。まあ、本を読むのは好きです。でも、小さい子どももいますし、あまり時間がなくて」「ああ、そうですか。お子さんは何歳ですか」「八歳です。小学校二年です」そういうことはこれから出す履歴書の家族欄を見ればわかることだろうに。鞄の中の履歴書を探しあぐねているうちに、面接官はどこから出してきたのかコップに入った飲み物を手品みたいに目の前に置いて勧めてくれた。クラッシュアイスを浮かべた茶《ちゃ》色の液体はたいそう魅力的で、一気に飲み干したかったが我慢して半分ほど残してコップを置いた。ただの麦茶が脳細胞を生き返らせてくれた。山岸は週刊誌でも眺めるようなくつろいだ表情で織絵の履歴書を眺めている。「わかりました。出版社で働かれていたというのは好都合ですね。パソコンにも慣れておいでのようで。息子さんのことも考慮してあなたがここに書かれた希望どおりに勤務時間を組みましょう。ぜひ仕事をお願いしますよ」

織絵は姿勢を正して礼を述べた。すると、彼はテーブルの上に乗せていた右手でピアノでも弾くように軽くテーブルを叩いた。「でも、仕事の場所はここではないんですよ。その方がいいでしょう？　美吉野町です。ここよりはましな建物ですよ。ええと、車の免許はお持ちですね。車もお持ちで？」「はい、それは大丈夫ですが、美吉野町というと、たしか刑務所のある……」「ああ、そうです、そうです。実はその刑務所のすぐ近くなんですが、よろしいですか」「別にかまいません。刑務所で暴動が起こって、人質になるということもないでしょうから」「いや、これは。想像力もおありで結構ですな」皺に埋もれた目が笑っている。「それで、あなたは疲れやすいほうですか、それとも疲れ知らずの丈夫なほう？」「まあ、丈夫なほうだと思います。至って健康ですので」「それは結構、結構。何よりです」右手の指が軽快なメロディーでも奏でるようにテーブルで踊った。それから、仕事の内容と時間給、休憩時間などについてあらためて確認し、仕事場の地図を渡された。「あのう、それで、疲労学研究というのはどのような研究なのでしょうか」老紳士は咳払いを一つして組んでいた脚を組み替えた。織絵は麦茶のコップに手を伸ばす。

「まあ、ごく簡単に言えば疲労に関するあらゆるデータを集めるということをやっています。医学的見地からはもちろん、最近流行りの脳科学をはじめ、地理的、歴史的、文化人類学的、心理学的、文学的観点からもありとあらゆる資料、文献を網羅しようとしているわけです。

一般の方々からの寄稿も募ってますよ。これは国の委託事業でしてね、補助金も出てるんですよ。ちょっと前の調査で、愛知県のある保健所管内の市を対象に調べた調査があるんですが、労働人口の六割が疲労を自覚しており、そのうちの五割が六か月以上続く慢性疲労だというんですね。そのうち、五人に一人が作業能力の低下を感じ、疲労のために仕事を休むという。これは現代社会の経済的損失の観点からも大きな社会問題だというわけですよ。過労死の問題はもちろん、驚くことに小学生や中学生の中にも小児型慢性疲労症候群というのがあるそうで、深刻な問題になっています。しかし、何ですな、世の中、疲れるより疲れない方が恐ろしいということもありますな」「え？」織絵の怪訝な表情を無視して「まあ、機会があったら、またお話ししましょう。それでは、明日からでよろしいですか」と締めにかかった。織絵は承知してソファーから立ち上がり、思い切ってもう一つ質問した。「あのう、採用していただいて嬉しいのですが、あの、こんなに簡単にというか、筆記試験もなくてよろしいのでしょうか」山岸はすこぶる愉快そうに笑った。「大丈夫。採用するのは僕の目に叶った人だけですよ」そこで彼は目をつぶった。ウインクしたつもりのようだったが、目にゴミが入ったか光が眩しいかで一瞬両目を閉じたというふうにしか見えなかった。部屋を出てふと見やった視線の先で性悪エレベーターが大きな口を歪めて笑った。

　家に帰ってからもおよそ活気のない室内とウインクに失敗した山岸の顔がフラッシュバッ

クした。やめた方がいいのではないかという思いがまだ頭の片隅に居座っている。しかし、資料をパソコンに落とすだけで時給千円とこの辺りではまずまずの賃金の上に、息子のことも配慮してもらって勤務時間を組めたとなると、当面これほどいい条件のパートはないと思われた。今までやったことのない職種の正社員にもいくつか応募したが、どれも不採用だった。今は取りあえずつなぎでもいいから職を得たい。織絵は夕食の準備に取りかかった。腐りかけた玉ねぎを剥いていると、背後から細っこい腕が腰に抱きついてきた。肘には柔らかい髪の毛の感触が伝わってくる。「お母さん、あのさ、僕、今日ね、持久走で二番だったんだ。ミックが僕にぶつからなかったら、絶対一番だったのに。今度は絶対一番になるんだ。ねえ、一番になったら、お祝いしてくれる？　ねえ、ねえ！　あのさ、僕、昆虫図鑑ほしいんだ」織絵は玉ねぎの腐った部分をばっさり切り落とした。「悠介ったら、昆虫図鑑は図書館で見るからいいってこの前言ってたでしょ。今も一冊借りてるじゃない。だいたい図鑑は高いんだから。何ならパソコンで出してあげるよ」小さくなった玉ねぎをみじん切りにする。

「図鑑がいい！　パソコンはお母さんがいる時しか見れないよ。勝手に使ったらだめなんでしょ？　印刷もインクが減るからだめなんでしょ？　本は返さなくちゃいけないし。僕はいつでも見たい時に見たいんだ。それと、図鑑があったらミックにも見せてあげるんだ。ミックも大好きなんだよ、ミミズとかカタツムリとかダンゴムシ。きっと、すげえって言うよ」

「ミックは日本語、しゃべるようになったの？」「うん、前よりはね。だいたい話通じるよ。虫の名前なんかすげえよく知ってるし」「ふうん。よかったね。でも、図鑑はだめだからね。今、ほ〜んと、お金ないんだから。赤字だよ、赤字！」「赤字？　お母さんも先生にテストお直しされたの？」「そうじゃなくって、前にも言ったでしょ！」「あ、思い出した！　出血大サービスのこと？　赤字覚悟の」「あんたさ、お母さんをからかってない？　あ、そうだ、いいものあげる」

　包丁を置くと冷蔵庫を開けるふりをしていきなり振り向き、丸めた拳の嶺で小生意気な頭に思いきりグリグリをかました。「痛い！　いててて」「あのね、赤字ってのはね、稼いでくるお金より使うお金の方が多くて、とっても困ってることをいうんだよ！　先月なんか収入ゼロだったんだから、貯金を使って悠介にパンやプリンや納豆を買ってたんだぞ。お母さんは大好きなチーズケーキもずっと我慢してるんだぞ。なんで図鑑が買えるんだ？　ね、よ〜く考えてみなさい。で、もって、お母さん、やっと新しい仕事が見つかったところなんだよ。悠介のためにまた頑張って働くんだからね。だから、こんなに頑張ってるお母さんを困らせたらだめなんだよ。わかった？」「わかったあ！　けど、わかんない」「なにい？」もう一度グリグリをかまそうと構えた時には敵は素早く逃亡していた。グリグリの代わりに玉ねぎをメタメタに切り刻む。目が痛い。人生は諦めの連続だ。今からよく学習しておいたほうがいい。何でもほしいものがすぐに手に入ると思ったら大間違い。ほしいものは逃げていき、ほしくないものが転がり込むのが人生だ。よしんばほしいものが手に入ったとしても、それはいつの間にか変質してほしいものではなくなっていたということもある。それでも、欲望は際限ない。欲望があればこそ生きるエネルギーも湧くというもの。

　ともあれ、今は何とか暮らしていくしかない。子育ては適度に貧乏な方がいいとは思うものの、この二年間どんどん適度でなくなってきた。それで、きわめて難易度の高い節約生活を送らざるをえなくなっている。買い物は一週間に一度、日曜日だけ。それ以外はよほど必要性と緊急性の高いもの以外は買うという行為をしない。成長の早い悠介の服などはフリーマーケットで賄い、自分の服は母親からのお下がりに甘んじる。今日はまだ水曜日なのに冷蔵庫はもう風通しよく空いてきている。冷凍庫にひき肉の残りを見つけてメニューはハンバーグに決定した。フランスパンの屑を混ぜればかさも膨らむ。しなびたポテトとにんじんをチンして添えれば、その辺のファミレス並の一品にはなる。

　悠介の父親が一緒に食卓につくことはもうあるまい。核家族三人は二年前から実質的な母子家庭になった。マイホームを手に入れる話もちゃらになった。相変わらず郊外のしけたアパート住まいだ。就学援助はしっかり受けている。嬉しそうにハンバーグを頬張りながら悠介が口走る。「ねえ、お父さん、いつ帰ってくるの？　もう病気治ったかな」「さあね」織絵はいつものようにワイングラスで冷や酒をあおる。息子の海馬に保存されている父親に関する記憶をきれいさっぱり消去するにはどうしたらいいだろう。「お父さんが帰って来たらさ、また倉持山にカブトムシ探しに行くんだ。あそこの木にいっぱいいたんだよ。お父さんたら、僕より喜んでさ」「悠介、話してないでちゃんと噛みなさい」「うん、わかった。それで、お父さんが尻餅ついてこけちゃってさ」「ふん！」「お母さん、ふんて言わないで！」冷や酒が一気に食道を駆け抜け、胃の中でかっと発熱する。「悠介！　お父さんの話はやめなさい！」「なんで？」「なんでも！」

萌葱色のマーチを転がして刑務所近くの仕事場に着いたのは、九時十分前だった。広い駐車場を備えた郊外型店舗が建ち並ぶ一画にその建物はあった。どこにでもある平凡な二階建てビルの入り口に「山岸疲労学研究所」と刻まれたプレートが見えた。周りにはやたらと松の木が生えていて、くねくねとねじれた幹や枝が芸術的な意匠を競っている。自動ドアから入っていくと正面受付のデスクには誰もいなかった。声をかけてみたが、反応がない。みんなとっくに死に絶えたように静まりかえっている。もう一度腹に力を入れて息を吸い込み発声しようとしたところ、しゃがれ声が耳に届いた。「あら、御免なさいね。今ちょっと野暮用で、おしっこしてましたの」思いきり絶句する。現れたのはショートカットの白髪を淡い紫色に染めた女性だった。織絵は自分の耳がとんでもない誤作動をしたということにして初対面の挨拶をした。「はい、はい。伺っておりますよ。私、ここの主任の山岸恒子です」「あ、あのう、失礼ですが、所長さんの奥様で……」「ええ、そうです。あの道楽者の元締めです。あたしが取締役で、あの人が取り締まられ役」織絵が噴き出すと、所長夫人は今回もうまくいったとばかりに微笑んだ。

　通された部屋にはデスクトップ型パソコンが十台ほど置いてあり、それぞれに資料を置くためのテーブルが備え付けられていた。白い壁に数字だけのカレンダーが一つ掛かっているほかは何の装飾もない。そして、何より織絵のほかに仕事をすべき人間の姿が見えない。「あのう、ほかの方々は？」「ほかの方々？」恒子がいかにも質問の意味がわからないという顔で聞き返す。「まさか。採用されたのは私一人じゃないですよね」恒子が女学生のように首を傾げる。「さあ、それについては何も聞いておりませんので」「では、前からいる人たち、ここで働いている人たちはいないんですか」「もちろんいますよ。午後から来る人もいますしね。ここではその人の都合のいい時間帯に無理なく働いてもらっております」織絵の表情に安堵が表れたのを見計らったように、恒子は入り口近くのテーブルに織絵を誘導した。「これが出勤簿です」恒子が指さしたのは奇妙な図版だった。厚紙がジグソーパズルのようにさまざまな形の枠に区切られていて、それぞれのパーツに番号が振ってある。番号はあちこち不規則に飛んでいて、１と２が対角線上に離れていたり、３が隅っこに飛んでいたりする。「これが出勤簿ですか」織絵の脳裏を無数のクエスチョンマークが乱れ飛ぶ。「はい、ここにピースがありますから、出勤したら一番から番号順にはめていってください。出勤するごとに一つですよ。必ず番号の書いてある方が見えるようにね」ピースを手に取ると表は彩色してあって、裏には番号が書いてある。織絵が一番のピースを一番の枠にはめてみるとそれは溝の中にピタリと収まった。「そう、そう。それでよろしいわ」恒子がふっくらした瞼に埋まった細い目をもっと細めて織絵を見た。

「仕事のやり方についてはこのマニュアル冊子をよく読んでください。大事なところにはアンダーラインが引いてありますから、そこは特に注意してくださいね。違反した場合には賃金をお支払いできない場合もございます。とりわけ、冒頭に書いてある赤字の部分は厳守してください。思わぬ影響が及ぶこともございます」「え？　賃金が払われないこともあるんですか？　思わぬ影響って、何ですか？」恒子の表情は明らかに織絵の反応を楽しんでいる。「そんなに驚くことはありませんよ。老人の道楽ですから。あ、コンピュータはあの一番端っこの一番と書いてあるのを使ってください」

織絵がさらに突っ込もうと口を開きかけた時、恒子はさっと身を翻した。「で、給湯室がこの奥で、トイレは廊下の向こうです。お湯はいくらでも沸かして使ってください。珈琲と紅茶もどうぞ御自由に。では、私はこれで失礼しますよ。犬の散歩があるのでね。黒のレトリバーなんですよ。もう十四歳でよたよたでね。手間暇かかるんですけど、そりゃあ可愛くてね」恒子はベージュ色の上品な帽子を手に取り、出ようとする。織絵はあわてて呼び止めた。「あ、あの、電話とかかかってきたら、どうしたらいいんですか？」恒子が笑い出した。「大丈夫。電話なんかかかってこないわよ」戸惑っている織絵をますます楽しむように付け加えた。「だって、電話機なんかないもの」あらためて室内を見渡すと、なるほど電話らしい機器は見当たらない。「では、よろしくお願いしますよ」恒子は家政婦に留守番を頼む大奥様のごとく、シルクのスカートの裾を翻し颯爽と出て行った。

　がらんとした部屋に一人残された。仕方がないので探検することにした。一階にはコンピュータのある仕事部屋ともう一つ会議室のような部屋があり、そこにはコの字形にテーブルが並んでいた。あとはトイレと給湯室。女性用トイレを覗く。ウォシュレット付きの個室が二つあって、まあまあきれいと言える程度に清掃の跡が伺える。給湯室にはガスコンロと給湯器、小ぶりの食器戸棚が設えてあった。茶碗やコップ、マグカップ、受け皿付きの珈琲カップも揃っている。急須と茶こぼし、紅茶用ポット、スプーンなども完備。小さな冷蔵庫の中にはペットボトルが三つ。まずは一服したい思いに駆られて湯を沸かしにかかる。それにしても、たった一人とは。こんな閑散とした職場でちゃんと給料が払われるのだろうか。

しかし、まあ、気楽でいい。にわかに楽しい気分になってきた。お湯が沸くまで二階の探検だ。階段を上がると、フロアに大きなテーブルが一つでんと据えられていて、椅子が四つと長いすが一つ置いてある。えんじ色の布張りの長いすにはいくつかのクッションがもたれかかり、テーブルは淡いオレンジ色で真ん中にどっしりした質感の花瓶が置いてある。談話室みたいな印象を受ける。銘々が好きな飲み物とお菓子を持ち寄って四方山話ができそうだ。椅子の一つに座って窓から外を眺めてみる。ホームセンターの向こうにこんもりした木々が見える。その合間に見え隠れする灰色の四角い建物が刑務所だ。ここの入り口は自動ドアで誰でも自由に出入りができる。こうしている間にも誰かがやってくるかもしれない。脱走した凶悪犯とか。階段を下りて行ったら鉢合わせ。織絵の心の中にもの心ついた頃から生えているモウソウ竹が逞しく活動を始める。花瓶に目を戻すと、彼女の声が聞こえてくる。「そんな時にはきっと私が役に立つわ」織絵は腹に力を入れて両手で彼女を持ち上げ、その重さと硬さを確かめる。これを振り下ろすにはよほどタイミングよくやらないと失敗する。奥に進むとドアが三つ。もうすでにこの中に潜んでいるかもしれない。息を詰めてノックを試みる。反応はない。そっとノブを回してみる。開かない。あと二つも試してみたが、どれも鍵がかかっている。誰もいないことに気をよくしてえんじ色の長椅子に戻って目を閉じる。今朝は悠介に水筒を持たせるのを忘れた。言われなくても自分で持っていくようにしつけなければ……忘れ物が多いとかまた連絡帳に書かれてしまう。物音がして腰を浮かせた。ゆっくりと階下に下りる。あたりを警戒しながら注意深く。突然悲鳴が聞こえて心臓が跳び上がった。息継ぐ暇もない長い長い長い悲鳴。しかし、それが笛吹ケトルの悲鳴とわかるまで長くはかからなかった。ダージリンの茶葉をポットにいれて、熱湯を注ぎ、青い水玉模様のマグカップとともに仕事場に運ぶ。とにかく、仕事にかかるしかない。一番端のコンピュータに席を取り、ホチキスで閉じられた薄い冊子を手にする。マニュアルの表紙には「データ入力のための注意点」の太文字。カップに熱く香しい深紅の液体を注ぐ。ページをめくると、赤字で重要事項が三つ書かれていた。

①入力する前に予め文書を読んではいけません。二、三行先でも読まないこと。
必ず入力しながら見ること。読むのではなく、入力するために事務的に見ること。入力した文書を後から確認する場合も解釈したり、鑑賞したりしてはいけません。オリジナルのとおりに入力できたかどうかだけを機械的に確認すること。
②入力する文書はそのまま一字一句違えずそのとおりに入力すること。明らかな間違いと思われても勝手に直さないこと。手書きの文書でどうしても読めない字には●を当てること。
勝手に解釈して入力してはいけません。元の原稿が○の場合はそのままにする。
③入力した文書を印刷してはいけません。とにかく、ひたすら入力だけ行うこと。

※以上、三点を厳守すべし。違反した場合、もしも予期せぬ事態に遭遇しても当研究所はいかなる責任も負いません。あくまで自己責任で対処していただきます。

織絵は紅茶を飲むことも忘れて逡巡した。今すぐ帰った方がいいのではないか。こんなわけのわからない仕事なんか即座に打っちゃって。こんな胡散臭い仕事は初めてだ。周囲を見渡すと部屋はしんと静まりかえり、足元から薄ら寒さがのぼってくる。ここには活気というか生気がない。ほかに誰もいないからというだけではなく、何かおかしい。仕事場であれば少なくとも何らかのものとかサービスとかを作り出して提供しているはずなのに、ここでは絶えず何かが失われ消えていくかのようだ。国から補助金が出てるなんて嘘っぱちに違いない。それから、それから、誰かに見られている。じっと見つめられている。さっきからずっと。無意識に腰を浮かそうとした瞬間、鼻先に紅茶が香った。その甘い南国の花のような香りが脳に直接作用した。まずはこれを一口飲んでから。それからでも遅くはない。口に含むと香りが鼻腔まで満ちてきて、滑らかに喉を落下、胃の腑にしみわたった。そのとたん気持ちが落ち着いた。もう一口。その拍子に指がぺろりと冊子をめくった。青のマジックででかでかと書かれた文字が待ちかまえていた。

「あなたの入力すべき文書は一番のコンピュータデスクの引き出しの中にあります」織絵は今座っているデスクに「1」と書かれたプレートが貼ってあるのを確認する。それから、ごく自然に手が伸びて引き出しを開けた。文書の束が見えた。取り出すとずしりと重い。コンピュータを立ち上げる。マニュアルのまだ目を通していないところを読む。特に重要な点はない。ソフトはワード使用で横書きということぐらいだ。とにかく、段落も文字表記も句読点もオリジナルのとおりということが細かく指示されているだけだ。織絵はゆっくりと紅茶を飲み干した。気持ちが前向きになった。どんどんこなせそうな気がしてきた。一番上の文書を取り、表題を入れる。「疲労とは何か」十の指がキーボード上を滑らかに動き始め、画面には見る見る黒い文字が繁殖していく。「疲労の分子神経メカニズム」「神経・内分泌・免疫系相関の不調というホメオスタシスの低下現象」「自律神経系の後退、前頭葉機能の低下、視床下部―下垂体―副腎系の作用減弱、免疫異常」言葉の意味を追わず、何も思考せず、ひたすら紙の文字を画面に写す。かなりいいペース。わからない、考えないというのは実に効率的なことだ。最後に出典を入れる。あっという間に三つの文書を終えた。意味のある文は一言半句何も覚えていない。「ヒトヘルペスウイルス６（ＨＨＶ－６）とＣＦＳの関係」「過労状態の鉄代謝低下、下垂体α－ＭＳＨの問題」織絵の脳裏をかすめていったのはまったく意味をなさない記号の連なりだ。マニュアル厳守の完璧さ。作業は思った以上に順調に進んだ。ケータイを開いて時刻を見ると、正午を五分過ぎたところだ。昼休みは一時まで。文書を保存し、きちんと保存されたかどうか確かめた。

持参した昼食を出した。昨夜のおかずの残りに卵焼きを加えたお弁当だ。御飯の中ほどに海苔を敷き、その上にまた御飯をかぶせて鰹のふりかけをかけた。残り物の肉じゃがのバラ肉に油が浮いてまずそうに見える。電子レンジで温めれば美味しく食べられるけれど、生憎電子レンジは見当たらなかった。緑茶を入れて、一人弁当をつつく。やっぱり、誰かに見られている。箸の持ち手のところが剥げているのを発見する。この箸は大学に入ってアパートで一人暮らしを始めた時に母が買ってくれたものだ。「吉野杉のいいものだから長く使ってね」と言われて、そのとおり二十年以上現役だ。と言っても、今回弁当用に引き出しの奥から引っ張り出したものだから、実際に使っていた期間はもっと短い。あの頃は母も若く快活でお洒落だった。それから一年後に何が起こるかなんて知るべくもなかった。一人しょんぼりと弁当を食べている姿を誰かに見られたら嫌だなあなどと思いながら箸を運んでいると、いきなり着信音が鳴り響いた。動転してあたりをきょろきょろしてから、ようやくそれが自分のケータイの聞き慣れたメロディーだと気づいた。慌てて取り出したとたんに切れた。池田由紀子だ。由紀子は大学時代の友人で、卒業後二十年の年月を経てなお交流が続いている唯一の友だ。急に由紀子と話をしたくてたまらなくなった。弁当がまだ残っているし、経済的見地からもこちらからかけることはしたくない。願わくば再度かけてくれることを期待してとにかく昼食を済ませてしまうことにした。トイレにも行っておこうと思いながらお茶を啜っていると、来た。

「あ、織絵？　今、大丈夫？」いつもの柔らかい声。織絵は新しい仕事のことを話し、今たった一人で職場にいることを報告した。「え？　それって怪しくない？　夫婦でやってる詐欺コンビかもよ」由紀子の声が心配そうにくぐもる。「そうなんだ。あたしもその線を疑ってるんだ。あんまりおかしかったら、即やめるつもりでいるの。な〜んか不気味なんだよね。誰もいないのに視線感じるし」「ひぇ〜、今度はホラーですか。早くやめちゃいなよ。あたしだったらすぐ身体に変調来すからね。変な環境だとね、身体が警告発するもんね」「由紀子はそういうの敏感だもんね」「あ！　やだ。何だか息苦しくなってきた。ケータイから邪気とか感じる」「ええ！　ちょっとやめてよ！　もう！　あ！　誰か来た！　切るよ。またね」由紀子の「ううっ」という呻き声が漏れ聞こえてケータイは切れた。

　振り向くと長身の若い男がこちらに近づいてくるところだった。「あれ、今日は少ないんだ」彼はぼそりと独り言を呟き、織絵に目を留めると丁寧にお辞儀をした。織絵は返礼しつつ呆然と見とれた。ふさふさした巻き毛、その奥には充実した前頭葉が美しく収納されているに違いないと思わせる端正な額。これまで充分に書物に親しんできたことを伺わせる知的な眼差し、低からず高からずいい按配に隆起した鼻筋、凛々しくふくよかな口元。昔、美術の時間にデッサンしたマルスみたいだ。織絵の脳はフル稼働で彼に関する情報を集めにかかった。島村智也。二十九歳。いわゆるフリーター。毎日午後から出勤。この仕事に就いて半年になる。住所、趣味、結婚歴等に関しては未だ不明。急いで無用の質問すべからずと前頭葉に抑制をかける。「ええ、本当にびっくりしました。ほかにだれもいないんですから。島村さんがいらしてほっとしましたよ。それに、きちんとお給料もらえるのかなんて、ちょっと心配で」「ああ、それは大丈夫ですよ。今までちゃんと払われてますから。それも今時手渡しで」「そうですか。手渡しでも何でもいいですよ。あのう、島村さん、どちらにお住まいですか、お近く?」「ああ、そういうことは個人情報ですから、すみません。もう勤務時間に入ってますし」「あ！　そう、そうですよね。失礼しました」

　かけたはずの頭のたががもうはずれていた。自分などどこにでもいるおばさんの一人でしかない。こうなったら仕事に集中することで名誉挽回するしかあるまい。だが、その前に行くべき所があった。トイレで用を足してから鏡の前で体勢を立て直す。以前ヨガで習得した腹式呼吸を行い、思いきり顔を歪めて表情筋をストレッチ。脳裏に浮かべた夫の顔面に連続パンチを喰らわせて気合いを入れる。肩を回してからゆっくりと首の運動。最後に大きく息を吐き、トイレを出た。島村は一つ向こうのコンピュータに席を占め、仕事に取りかかっている。なんとすらりと長い指！　本当は鍵盤の上にふわりと置かれるのが最もふさわしいと思われる優美な指。しかし、あえて目をそらす。席に戻ると次なる文書の入力にかかった。

今度は殴り書きのような手書き原稿だ。何百匹ものさまざまなサイズのミミズが瞬時に悶絶したような恐るべき原稿。ミミズの死骸を頭からどんどん文字化する。

「人殺し家業もツカれるゴキブリを仕止めるのとはわけが偉うヒトの場合は新聞紙を丸めて電●一発でごりんじゅうというわけにはいかないから先だって女を一人やった時もそれなりに大変だった細くて●●な体つきだったから大して手こずらないと考えていたがどうしてどうして暗がりに連れ込んだはいいがすさまじく●●されて頭からふくろをかぶせようと女のツメが俺のうでに食い込みかみつかれこんなことならクロロホルムでも金属バットで脳点を打ち割るまで……脳点から足先まで電気でも走ったように●くけいれん」

　ところどころ判読できない。句読点が一つもない。間違った漢字がいくつもあるが直してはいけない。織絵の頭に絵が浮かんでくる。それ以上原稿に目をさらすのが嫌になる。紙をめくるとまだあと二枚ある。読めないところは●に、ひたすら原稿どおり。ちらりともう一人の従業員に目をやると、彼の指は軽快に着実に仕事をしている。気を取り直してまた原稿に目を落とす。

「人類はかつて殺人にどれほど大きなエネルギーをつかってきたことだろう殺人は人類のＤＮＡに組み込まれた動かしがたい本能であり運命だ俺もその本能と運命にしたがってこれを生業とするしかしこのヒ労は●●●こんなにツカれなければもっと貧欲に王盛にこの仕事を

楽しめるのに……上空からタカにねらわれていることを知らないのんきにえさをくっている野ねずみやなんかはすぐ目前に死が追っていることを知らず一しゅんでかっさらわれて俺のターゲットもにたようなもの俺はえ物の肉を食いちぎる代わりに別の形の過●な労働に見合うだけのホーしゅうをたんまりいただくその後にやって来るとホーもないヒ労因ぱいの代しょうとして」

間違い字を直せないのにいらいらする。ふいに寒気が来た。やっぱり誰かに見られている。見ている者が狩りを楽しむ鷹で、見られている者が標的の野ねずみだとしたら……思わず天井を仰ぐ。もしかしたら、隠しカメラの類ではないか。カメラの目は長時間の凝視のあまり、もう真っ赤に充血して血走って……「あの、鈴村さん」「はいっ」素っ頓狂な声に自分で驚く。島村が穏やかな笑みを浮かべてこちらを見ている。「あのう、マニュアル読んで御存じだと思いますけど、原稿、予め読まないでくださいって。つい読みたい誘惑にかられると思いますけど」「はい、今のところは大丈夫ですけど。でも、どうしてなんでしょう？　どうして先読みしてはいけないんでしょうね？　なんかあの所長の奥さんが変なことを言ってました。違反すると思わぬ影響があるとか何とか」島村は質問を予期していたように言葉を返した。「それなんですけど、もしよろしかったら、後で僕の知っていることをお話ししますが」「え！　ほんとですか？　ぜひ、お聞きしたいです」「いつがよろしいですか。僕はこれから八時まで仕事です。それからでも大丈夫ですか？」「今夜？　今夜は、ちょっと。小学生の息子もおりますし」島村はいかにも残念そうに眉を顰めた。その彫りの深いマスクに差した憂いの陰の控え目なセクシーさに心を揺さぶられる。「あ、あのう、明日なら大丈夫です。段取りつけておきますから」「よかった！」明日の夜八時半にファミレスで会うことになった。織絵は不愉快な原稿に戻った。島村のあの端正な指が珈琲カップに添えられる場面を繰り返し心に描きながら、判読しがたく字面まで暴力的な文章を可能な限り忠実に入力した。

　織絵の勤務時間は五時までだ。息子が五時半ごろ児童センターから帰ってくる。帰宅すると郵便受けに白い封筒が入っていた。宛名の文字を見て差出人はすぐわかった。他のダイレクトメールやらケータイ料金の領収書やらと一緒に居間の隅に投げておいた。洗濯物を取り込み、たたんでいると、悠介が帰ってきた。「ただいま」の声量がいつもの五分の一ほどだ。「お帰り！　どうした？　悠介。元気ないね」悠介は人生の不条理を一身に体現したような顔で言う。「喧嘩した」「おや、おや。誰と？」「ミック」「へえ。ミックと仲良しなのにねえ。まあ、人生そういうこともあるさ」悠介の顔が歪んで半泣きになった。

　なんでも、悠介は休み時間に図書室で動物図鑑を見ていたそうだ。そこへミックがやって来て「見せて」と言ったので、二人で仲良く見ていた。ミックはオーストラリアから来た子で、一年の時から悠介と同じクラスだった。一年前の今頃はほとんど日本語が話せなかったけれど、今は随分上手になって、図鑑を見ながら「これ、知ってる」とか「オーストラリアのミミズは」とか話し出すそうだ。虫と動物が大好きという点では悠介といい勝負のミック。自分の見たいページを無理矢理めくろうとして、図鑑を独り占めするに及んでとうとう悠介が切れた。「ぼくが最初に見てたんだぞ。返せよ！」とか言ったらしい。両者図鑑を挟んでもみ合ううちに大きくて分厚い図鑑が落ちてミックの足を直撃。ミックは悲鳴をあげて足を引きずりながら担任の先生に言いつけに行った。先生は悠介からも事情を聞いてわざとではないことはわかってくれたらしいが、加害者は悠介で被害者はミックということになってしまった。悠介は自分だけ注意されたのが我慢ならずミックの非を訴えたものの、正当に理解されないのが悔しくて先生の目の前でミックの胸を度突いてしまった。ミックもすかさず度突き返してまた喧嘩。やっぱり、先生の目の前で先に手を出した悠介の旗色が悪い。「ミックが自分勝手だからだ。ぼくが先に見てたのに、見せてっていうから見せてあげたのに！」悠介の感情は収まらない。「それで、最後はどうしたの？」「二人とも謝った」「お互いに謝ったんだね」悠介が不満そうに頷く。「そう。言うべきことを言ったら、もう相手を度突いたりしない！　自分の悪かったところは認めて謝る。それでいいの。後はさばさば芋食って寝ちまえばいいの！」「やだ！　芋よりアップルパイがいい！」「何言ってんの！　自然素材のふかし芋の方がビタミンたっぷり、うんちもどっさり。これ以上のおやつはないんだよ。だいたいね、子どもは知らないだろうけど、お芋って高いんだよ。その高いお芋をだよ、可愛い悠介君のためにだね」「やだ！　昨日も芋だった。今日はアップルパイがいい」「そんな洒落たもんはないの。芋だよ、芋！」織絵は腰に抱きついてきた悠介の身体を掴んでぶんぶん振り回しながら回転した。「必殺回転肉馬！」「わ〜い」夕食後、サツマイモにヨーグルトと黒蜜をかけたデザートを食べて、この単細胞生物はまんまと寝てしまった。芋は隣の徳島出身の奥さんからお裾分けでもらったものだ。ほっくりして本当に美味かった。

織絵は白い封筒を開封した。相変わらず覇気のない小粒の文字が申し訳なさそうに並んでいる。この景気の悪い字を見るたびに、しょぼくれた四十男の崩れて無様な背中が浮かんでくる。文学者気取りの気障な文章に思わず鼻を鳴らす。それは唾棄すべき弱さだった。「この痛みを誰かにわかってほしいとはもう金輪際思わない」「梟の鳴く森で疲労の効用について考えた。疲労によって本当の自分と向き合えることもある」「ひどい倦怠感の中でもう一度新しく生まれ変わる予感を何とか掴もうともがいているが、未だ果たせない。本当に苦労をかけて申し訳ないと思っている。もう少しだけ時間を……」「ふん！」織絵は大きく鼻を鳴らすと、手紙をくしゃくしゃに丸めてゴミ箱に投げた。それはゴミ箱の手前で落ちたが、すぐさま思いきり踏みにじられた。「ふざけんな。あんたが暢気に文学ごっこしてる間にこっちはわけのわからん文書を入力して悠介を食わしてるんだ。梟の鳴く森なんかじゃなくて、空手道場でも行って根性鍛え直した方がいいってもんだわ！」

　山奥で一人寝そべっていた。眼下には深い峡谷が見える。不気味に明るい視界の底を白い飛沫をあげて谷川が流れている。小鳥も鳴かず木々もざわめかず、谷川の音だけが沈黙そのものの音のごとく響いている。あまりの静けさに寂しくて人恋しくて誰かやって来ないかと待ちこがれている。足音が聞こえた。ああ、やっと。その人の足がふくらはぎを踏んだ。ゆっくりと太股の裏を進み、臀部を通って腰に達した。その人はそこで止まり、辺りの風景を眺めている気配。どんな人だろう？　嬉しさのあまりその人を見ようと反転した。その瞬間、身体は峡谷に吸い込まれるように落ちていった。片足がピクンと大きく痙攣して目が覚めた。またこの夢だ。この一年余り何回も繰り返して見る夢。時刻を確かめる。四時半。もう一度眠ろうと目を閉じたが、胸の中で無数の百足がざわざわ蠢いていて眠れない。

　定時に出勤すると山岸所長が受付で珈琲を啜りながら新聞を広げていた。「ああ、おはよう。御苦労様です」山岸は機嫌良さそうに言葉を続ける。「驚いたでしょう？　変な職場で。パートの人、もっといたんだけど、次々やめてしまってね。今はあなたと島村君とあと三人ほどです。今日はみんな来ると思いますよ」「そうですか」問いただしたいことが山のようにあって、何から話そうかとためらっていると、後ろから若い女性がやって来て山岸と話し始めた。そもそも所長が受付に座って暢気に珈琲飲んでいるのが信じられない。仕事場の入り口で二番の細長いピースを二番の枠にはめる。若い女性は宮坂綾乃と自己紹介した。所長いわく、ここで三年半続いているベテランだそうだ。彼女のコンピュータは織絵の向かい側だ。山岸は所長用の机に座って暇そうにしている。織絵が仕事にかかると、山岸がオペラみたいな節を付けて言った。「あ〜、私がお湯を沸かしておきましたか〜ら、飲みもの御自由にど〜ぞ〜」「ありがとうございま〜す」宮坂も変な抑揚で返す。ひどくいたたまれない気分に陥っていると、宮坂が横から顔を出して言う。「所長さん、熱心なオペラファンで時々節がついちゃうんですよ。あたしもつられるようになっちゃって」「はあ」「鈴村さんはオペラとか興味ありませんか」「いいえ、そんな高級なのはちっとも縁がなくて専らイージーリスニングですかね」とお茶を濁す。「あたしもオペラはちょっと、なんですけど、憂き世の義理というか」宮坂の完璧に描かれた眉が困惑げにゆがむ。「ラララ、ラララ、ラッラッラ、ラ〜ラララ、ホップサッサ」ああ、また始まった。

朝から疲れた。加えて、今日の原稿はとてつもなくちんぷんかんぷんだ。まあ、機械的に入力するには打ってつけだ。「免疫サイトカインの働き」「インターロイキン１β（ＩＬ－１β）が脳の血管内皮細胞に働き」「プロスタグランジンＥ２の分子シグナルに変わり……」素晴らしい。何のイマジネーションも湧かないし、入力したそばから見事に忘却の彼方だ。織絵の心はもう今夜の八時半にシフトしている。もしかしてこれはナンパ、ないしはデートというものではないのか。話なんかファミレスまで行かなくてもここで昨日の段階でできたはずだ。もしかしたらあやつは熟女好きのとんでもないお調子者で、知的に見えたのは単なる錯覚ということもある。錯覚ならとうの昔にやらかして今も後遺症を引きずっている。くわばら、くわばら。いい年をして断じて同じ轍踏むべからず。

「くわばら、くわばら、くわば〜ら」突然頭の上から歌声が降ってきて、ひっくり返りそうに驚いた。所長がすぐそばに立ってにやにやしている。「独り言、言いながらやってる人多いんですよ、この仕事」普通のしゃべり方に戻った。「私、独り言、言ってましたか」「言ってましたよ。ね、宮坂さん？」向かいの宮坂がくすりと笑う。「私もつい口に出ちゃうんですよね。たった一人でやってる時なんか特に」「でも、そのうち声が聞こえてきますよ。そうなったら一人前。ね、宮坂さん？」「さあ、一人前かどうかは」「その、声が聞こえてくるって、何ですか」宮坂がアナウンサーのような落ち着いた美声で答える。「原稿の声ですよ。手書きの原稿に多いんですけど、原稿にもその人の声があって、それが聞こえてくるんですよ。男の人の低い声だったり、可愛い女性の声だったり。それがあんまり自然なんで、ちっとも怖くないし、気持ちが悪いとも思わないんです。最初はちょっとびっくりしましたけど」「原稿を書いた人の肉声ってことですか。それって、やっぱり怖いですよ。いつごろからそんな声が？」「さあ、この仕事を始めて半年くらい経ってからだったと思います。ほんとに自然だったので、すぐは気づかなかったほどで」所長が口を挟む。「何年やってもそんなの聞こえない人もいますよ。この仕事を立ち上げて五年になるけど、そういう人は宮坂さんとあと二人くらいですなあ。だいたい二、三か月でやめちゃう人多いし」「でも、やめちゃった人は何か理由があるんでしょうね。個人的な事情というほかに、たとえば他にも何かあって怖くなったとか、あのマニュアルに違反してやめさせられたとか……」所長と宮坂がほんの一瞬目を合わせたように感じた。「鈴村さん、いい感性してますな。ずけずけおっしゃるところもいいですなあ。きっとあなたは聞こえる派ですよ」

　とにかく、当分給料が払われればそれでいい。合間にもっとまともな会社を探そう。織絵は仕事に集中した。今度もすこぶる好都合に意味不明だった。「今や世界の歴史的転換期に直面し、八紘一宇の顕現を国是とする皇国は、一億一心全能力を挙げて天皇に帰一し奉り、物心一如の国家体制を確立し、もって光輝ある世界の道義的指導者たらんとす」「臣道の実践に挺身す。すなわち無上絶対普遍的真理の顕現たる国体を信仰し、歴代詔勅を奉戴し、職分奉公の誠をいたし、ひたすら惟神の大道を顕揚す」

　印刷が薄いけれど一応活字なので読めない文字はないが、砂に書かれた文字のごとく入力した途端に波にさらわれていく。どうにも噛みきれない肉片のような文章を入力し終わって、次の行に進んだ時、思いがけず別の景色が飛び込んできた。「虚妄なり。迷妄なり。頑是無い子どもの頃より執拗に教え込まれ注入され続けし決まり文句は糞紙にも劣りし無用の長物なり。いわく、畏れ多くも畏くも、万邦無比のわが国体、いわく、八紘一宇の肇国の精神。我らの理性と感性はいかに謀られ、貶められ、踏みにじられ、疲弊せしめられしや。今、異国の密林に我が身体は飢えと乾き、病と疲労の極みにあれど、我が理性と感性は不思議にも朗らかに澄み渡れり。我らの誠をいたすべきはかくも実体なき虚しき美辞麗句で飾られし虚言には断じてあるまじ。願わくば後の世の人我らの時代を顧みて、何たる虚妄、迷妄に数多の若き学徒が翻弄せしめられ、あたら命を失いしかに思いを馳せ、その魂を慰めんことを。さらに、いかにしてかく愚かしくも虚妄なる体制が確立され、何人もこれを否定することあたわざりしか検証されんことを。もはやこれまで。記すこともあたわず。指一本動かすことも叶わぬ。今、生死のあわいにあり底知れぬ疲労に身を任す。わが心と身体を解き放つ。久しく待ち望みし自由と安らぎの国へ赴かんため」

　織絵は入力してから読み返し、機械的チェック以上の時間を割いた。どこか南方のジャングルで粗末な紙に必死で書きつけている痩せ衰えた学徒兵の姿が浮かんだ。豊かな学識と洞察力を身につけたその声が聞こえてきそうな気がして、思わず席を立つ。トイレに行き、給湯室で緑茶をいれた。

昼食は一人だった。所長はその前に帰り、宮坂は外食だった。昨日作ったコロッケをパンに挟んだのとレタスとミニトマトのサラダ、バナナ一本のランチを終えて歯を磨き、用を足して戻ってくると知らない女性が困ったような顔をして立っていた。「あのう、今日からここで仕事をすることになっている和泉真智子と申します。所長さんもだれもいなくて、とにかく全く勝手がわからないので、よろしくお願いします」深々と頭を下げられて頭を振った。「いえ、いえ、実は私も新人なんです。昨日からです」和泉は一重の目を見開いて「すご〜くベテランに見えました」と言って笑った。新人がやって来る日だというのに、経営者が不在というのが信じられない。いや、ここではごく普通のことなのだろう。織絵は入り口のところに積んであるマニュアルを渡し、よく読んでから仕事にかかるように伝えた。午後になって島村が現れた。織絵は仕事に集中しているふりをした。島村に声をかけられて軽く会釈、次の文書にかかる。

「風を切ってうなる鞭の一振りが盛り上がった尻を激しく打ち据えた。重い石材をしこたま積まれた背がしなる。年老いた馬は一歩また一歩前に進もうと鼻息荒く身をよじる。御者の罵声と鞭が飛ぶ。馬は悲鳴とともによろめき倒れ、四本の脚が何とか起きあがろうと宙をもがく。尋常でない疲弊が馬の全身に襲いかかり、馬は血の涙を流す。このまま絶命するに違いない。馬はひたすらおのが使命を忠実に果たそうと死力を尽くす。容赦のない鞭。気がついた時には馬の温かい鼻面が自分の腕の中にあった」

手を止めて先を全部読みたい衝動に駆られる。向かいの宮坂からはこちらの様子は見えないし、一つ向こうの島村は自分の仕事に没頭している。自分が原稿を読んでも気づく人間はいないだろう。そもそも先読みすることがどうして禁止なのかきちんとした説明がないのは納得できない。原稿の枚数を確認する。短い。一分で読める。三行読んだ時、名前を呼ばれてぎくりとした。「鈴村さん、ちょっと」いつの間に来たのか白髪を薄橙色に染めてミントグリーンのカーディガンを羽織った所長夫人が手招きしている。見ると、和泉とこれまたいつ来たのか、ずんぐりした若い男がそばに立っている。「こちら、和泉さんと高草木君です。そちらの鈴村さんと三人が今度新しく採用になった新人です。あ、宮坂さんと島村君もちょっとこちらに来てくれますか」恒子の周りに五人が集まった。恒子は宮坂と島村を紹介し、新人が簡単に自己紹介した。恒子は「それでは皆さん、よろしくお願いしますね」とだけ言ってすぐに部屋を出ていった。小太りで太い黒縁の眼鏡をかけた高草木はにこりともしない。挨拶の声も表情に比例して無愛想だった。

夜の八時半を少し回った頃、織絵は約束のファミレスに入った。お気に入りの深緑色のチュニックに銀色の細身パンツという出で立ちで店内を見渡す。一番奥の席の通路側に島村の姿を見つけた。ところが、島村の斜め奥にもう一人いるのが見えた。島村が目ざとく右手を挙げた。織絵が島村の向かいに座ると、彼はたちまち謝罪モードになった。「あのう、事前にお話しできなくて申し訳なかったんですけど、高草木君がぜひ一緒に来たいと言うので」島村が表情筋未発達の男を一瞥する。高草木はお座なりに会釈しただけで何も言わない。近視の強そうなレンズの奥で不自然に可愛い二重の目が据わっている。「あ、そう、なんですか」詐欺に遭ったような気分だ。こうなっては笑うしかない。ウェイトレスがやって来る。織絵がハーブティーと苺のタルトを注文すると、高草木が「あ、僕も」とメニューを引ったくるようにして、フルーツパフェを追加注文した。織絵は一刻も早く退散することに決めて、島村に尋ねた。「あのう、それで、ぜひ伺いたかったことですけど、原稿を先に読むななんてどうしてわざわざ禁止しなくちゃならないのか、全然わからないんですけど」「ええ、それなんですけどね、それはつまり、」我関せずという顔をして窓の外を眺めていた高草木が急に振り向いた。「仕事だからじゃないですかっ！」子どものような甲高い声で割って入った。織絵と島村が同時に高草木を見る。「だって、そうでしょう。要求されているのは文書をデータ化することで、それを読んで楽しんだり考えたりする時間は非効率だから、ただ機械的にどんどんやらなくちゃいけない。仕事なら当たり前のことでしょ？」

高草木は無表情のまま抑揚の乏しい声で威圧的に言ってのけた。織絵は無数の不愉快虫が胸の辺りを続々登ってくるのを左手で抑え込みながら、この無礼者を睨みつけた。「あのね、そういうことじゃなくて、私が聞きたかったのは別のことですよ。だいたいあなた失礼でしょ？　島村さんが話そうとした時にいきなり横から口を出すなんてどういう神経してるんですかっ」高草木が口元を歪めた。いや、笑ったのかもしれない。目が笑わないから笑ったように見えないだけで。「じゃあ、どういうことを聞きたかったんですか」謝りもせずまた偉そうに聞いてくる。そこへ注文した料理が運ばれてきた。織絵は目の前に置かれたハーブティーを高草木の顔にぶっかけて帰ろうかと思った。島村が落ち着いた声で話し始めなければ。「つまりね、入力する前にちょっとぐらい先を読むなんてやろうと思えばできちゃうでしょ。別にそれが仕事をする上でそんなに支障になることもないですよね。でも、そういうことさえ禁じている。そして、違反した場合、予期せぬことに遭遇する、みたいな脅し文句が書いてあるんです。効率だけの問題じゃないでしょ。いったいどんな事情があるのかというのが鈴村さんの聞きたいことでしょう？」「そう、そう。そのとおりです。でも、もうどうでもよくなってきましたよ。あ、どうぞ食事してください」織絵は島村だけを見て言った。島村は箸を取り、カツ丼を頬張る。高草木は先刻から焼き肉定食の肉にかぶりついている。「それがね、どうでもいいことでもないんですよ。実は、やめた人のほとんどは先に原稿を読んでしまって、つまり、マニュアルに違反して予期せぬことに遭遇したからじゃないかって宮坂さんが言うんですよ。あの人、一番長いから」「その、予期せぬことって何なんですか。たとえば？」島村は味噌汁を啜る。「それは僕もよくわからないんです。ただ、宮坂さんによると、やめた人たちは少し前から顔色が悪くてとても疲れてるみたいだったって」「疲労学研究所で働いて疲れてやめたって、洒落にもなりませんね」

　高草木は肉を噛むのに忙しくしゃべる余裕がないようだ。織絵は苺タルトを胃袋に収め、ハーブティーを飲み干した。二人が食事している間、窓の外を眺めていた。そもそも、山岸疲労学研究所そのものが怪しい。山岸夫妻も胡散臭い。それに、あのバカみたいなジグソーパズル出勤簿。そういうことについても島村と話したかったのに。もう一人思いきり胡散臭くて図々しい人間がついてきたおかげで予定が狂った。時計を見ると九時を回っている。子どもを言い訳にしてさっさと帰った。年甲斐もなく浮き浮きした自分に呪詛の言葉を投げつけ、タルトとハーブティー代八百五十円を心から惜しんだ。

　帰りは雨だった。瞬く間に雨足が強くなった。雷鳴が聞こえる。もっともっと激しく降って世界が沈没すればいい。粗末な箱船の中で悠介はすやすや眠っていた。一風呂浴びてから、ワイングラスに清酒を注ぐ。つまみはチーズと塩煎餅。グラスを傾けるほどに潤んだ大きな瞳が見えてくる。重い荷をくくりつけられてよろめく老いた馬。容赦なく浴びせられる鞭。断末魔のように呻きながら必死に前進しようともがく。最後の力を振り絞って天翔けるがごとく跳躍した瞬間、もんどり打って地面に倒れる。そこに一人の男が駆け寄ってくる。男は何事か叫びながら馬の鼻面をかき抱き、狂ったように泣きわめく。その血管の太く浮き出た手でこの愛すべき生き物の目から流れ落ちる一筋の涙をぬぐい……

織絵は息が苦しくなった。あんな文章を読まされてはたまらない。機械的に入力しようにも、いつのまにか脳にしみこんだ言葉がイメージを呼び覚ます。読むということは心に刻印を受けること、あるいは傷を負うこと、もしくはそれを書いた人の傷を引き受け、引き継ぐこと。ある種の文章の中には有無を言わせず読む者の心を鷲づかみにするものがある。文章の奥に鋭い爪が隠されていてそれでしこたま引っかかれる。以前にもそんな読書体験をしたことがあった。その時は引っかき傷どころではなく肉が抉られて傷口がぱっかり開いたような感覚だった。それは後から現実になった。今ではそれもすっかり塞がって青春の痛みは封印された。織絵はグラスを空ける。馬に抱きついた男の顔がたわしのような髭を生やしたあの哲学者ではなく、別の男に変貌する。その顔を必死で打ち消し、完全に消去しようとするが、壊れたビデオのようにそれは繰り返し再生される。眠りの世界に入れぬまま、六月晦日《みそか》の夜が更けていった。

「もっと手首をしならせて、身体ごと、ほら、こんなふうに」悠介の小さな手がピンクのカラーボールを掴んで腕だけで放る。端《はな》から飛ぶ気のなさそうな軽薄なボールはまたしてもついとあらぬ方向へそれて落ちる。悠介がそれを拾いに走る。足元が雑草で覆われた空き地を快い風が吹いていく。「ほら、もう一度」「やだ！　もう、疲れたあ」悠介は昨夜の雨で濡れた草の上に身をかがめ、土を掘り始めた。「この根性なし！」織絵は舌打ちして悠介に近づき、腕を引っ張り上げた。「ミミズ探しだったら、もう帰るよ」悠介は夢中で返事もしない。「悠介！　お母さん、先に帰るよ」「待って！　もうちょっと」「待たない。帰る！」踵を返した織絵がすたすた歩き出し、空き地の角を曲がろうとした時、悠介が勢いよく追いかけてきた。「ほら、見つけた！　すんげえでかいよ」悠介は太く長い特大のミミズを一匹、大切そうに両手で捧げ持っている。「これはきっとヒトツモンミミズだよ。図鑑で見たんだ。ね、可愛いでしょ？」「可愛くない。家の中に入れないでよ。絶対！」

悠介はしゃがみこみ、名残惜しそうにミミズと遊んでいる。織絵は珍しく朝から頭痛がしていた。寝不足だからだと思った。体力には自信があった。中学の時に始めたソフトボールを高校でも三年間続けた。体格にはそれほど恵まれなかったが、スタミナがあったので高校の時はピッチャーとして遠征試合で活躍、県大会では準優勝した。コントロールに優れ、速球に遅球を混ぜてバッターを振り回すのが得意だった。強打者も突然放られるスローなストライクに調子を狂わされて空振り三振。そういう時は実に爽快、世界中が丸ごと自分の応援団になった。厳しいトレーニングに耐え、強い意志の力で持続し、結果大きな達成感を得る。努力すればそれなりの成果は得られる。勉学も右に同じ。それが中学時代から織絵にとって当たり前の法則になった。五体満足なのに疲れるとかだるいとか痛いとか弱音を吐くのは根性がない証拠、逃げているからに他ならない。悠介はそんな根性なしにしたくなかった。悠介だけは。

七月も半ばを過ぎた。織絵の出勤ピースは今日で二十二個が枠の中に収まった。先日この奇妙な出勤簿をつけているのは自分だけだということがわかって、所長に質したことがあった。いわく、それはあなたが選ばれたということなので、どうか御協力いただきたい。詳しいことはこのパズルが完成した時にお話ししますから云々。誰もいない時にそっとひっくり返してパズルの表側を見た。いくつかピースが脱落した。それをはめなおしても、まったく何の具象も結ばない色彩がとぎれとぎれに眺められるだけだった。

入力は順調に進んだ。中には出典や筆名が何もない文書もある。こんなものを作って何かの役に立つのだろうか。やっぱり別の仕事を探した方がよくはないか。いつもそんな雑念にまみれて仕事をしているので、原稿の先読みというタブーは犯さずに済んでいる。「ジェットコスターの死傷事故は、車輪の金属疲労が原因」「世界初のジェット旅客機コメットの墜落事故の原因は金属疲労」「ジェット旅客機が飛ぶ一万メートルの高空では、気圧が地上の三分の一程度で……」織絵の両の指はリズミカルにキーボード上を躍る。首と肩に生じた凝りが一晩寝ても取れなくなっている。これぞ勤続疲労。この駄洒落、あとで笑い上戸の和泉に言ってやろう。彼女ならこの程度で派手に笑ってくれる。高草木はだめだ。あの男は面妖だ。宮坂は仕事の鬼で隙がない。いつもにこやかだが本当は怖い女だ。本心は隠し通して裏で何をやっているか計り知れない。島村はやっぱり潤い欠如の堅物だった。トルソのマルスだ。あの優美な長い指は石膏でできている。希望は月末だ。とにかく休まず気張ろう。二十五日締めの末日払いの給料を丸々ゲットするまでは。次の文書。

「もう別れの時だ。わたしはそばの仲間にキスをし、まわりの三人に握手をして、もどり道を走りだした。誰も声をかけてこなかった。十字路にきた。もうこちらの姿が仲間の目にとどかない。そこを折れ、野道から森へ駆けこんだ。南の町をめざしていた。村ではその町について、こんなふうに言われていた。

『あそこの連中ときたら！　いいか、眠らないんだぞ！』

『どうして眠らないの？』『疲れないからだ』

『どうして疲れないの？』『バカだからだ』

『バカは疲れないの？』『バカが疲れたりするもんか！』」

フランツ・カフカ「街道の子どもたち」より

カフカ？　カフカ！　ああ、カフカね。カフカなんて、この世で亭主の足裏のひび割れと同じくらい関心が及ばない分野だ。次。

「みんなはどうしてまいにちそんなにたのしそうにわらっているんですか
ぼくはいきをしているのもしんどいです
おとなはどうしていつもげんきにあかるくっていうんですか
げんきにあかるくできないぼくはいきてるかちがないです
こんどうまれてくるときは虫がいいとおもいます
ごきぶりとかだんごむしだったらげんきにあかるくっていわれないとおもいます
おとうさん、おかあさんはわるくありません
ぼくをうんでくれてありがとうございました
それからごめんなさい
いきててもとってもつかれてかなしいだけです
めいわくをかけるだけです
だからごめんなさい。さようなら
みんな、もう、あいません」

子どもの手書き原稿。文字の大きさは不揃いだがしっかり筆圧がかかっている。織絵は刻

み込むようにゆっくりキーを叩いた。三回読み返した。カフカよりずっと沁みてくる。次の文書に進めず、トイレに行って少し閉じこもった。出た時に和泉とすれ違った。彼女も何かもの言いたげな表情を浮かべていた。「あの、何か？」「え？　いえ、別に」

次は「大いなる災厄の日」というタイトル。「『第五の御使いがラッパを吹き鳴らした。すると、わたしは一つの星が天から落ちてくるのを見た。この星に底知れぬ所の穴を開くかぎが与えられた。そして、この底知れぬ所の穴が開かれた。すると、その穴から煙が大きな炉の煙のように立ちのぼり、その穴の煙で太陽も空気も暗くなった』（ヨハネの黙示録第九章）これは予言である。文明と呼ばれる暴虐により大気が汚され、大地が生き埋めにされ、海が膨れあがって押し寄せ、山々が病んだゆえに、疲れ果てた自然がその大いなる悠久の循環を断ち切り……」織絵の指は機械的に動く。報酬に向かって勤勉に。先月の赤字は二十兆円。父親から五兆円の緊急援助金、元同居人の家族から三兆円の臨時養育費。こんなものとっくに底知れぬ所の穴に落っこちて消えた。あと一週間で悠介の夏休みが始まる。いかにお金をかけずに充実した夏休みにするか。それが問題だ。次。

「アリストテレスはミミズを『大地の腸』と呼んだ。また、土中を動き回って耕すところから『自然の鋤』とも呼ばれる」そうか！　ミミズだ。好きなだけミミズと遊ばせておけ。それを自由研究にまとめさせればいい。ディズニーランドにミミズはいないと言おう。そこら辺の公園とか畑に行けば充分だ。しめしめ。「ミミズは偉大なる土壌改良者である。土塊や餌をせっせと摂取して糞を排泄すると滋味豊かな栄養たっぷりの土に生まれ変わる。環帯から排泄される尿も栄養価の高い培養液である。体内に蓄積された豊富な栄養ゆえに、ミミズは死して死骸が分解されてからもなお土壌を豊かにする培養基となる。ところが、この勤勉かつ忍耐強くそれはそれはありがたいミミズたちが疲れている。疲労困憊してもう『自然の鋤』の役回りも御免だと訴えている」織絵は思わず身を乗り出して先を読む。

「ミミズはさまざまな物質を体内に蓄積させる働きも有している。カドミウムについては餌となる土壌の二十倍、鉛は四十倍まで濃縮して蓄積することが可能だという。ミミズは汚染物質を濃縮しやすい生物であり、汚染されたミミズを餌にする小鳥やもぐら、魚などは当然その影響を受けるだろう。汚染物質のためにミミズに異変が現れ、死滅するようなことが起これば、食物連鎖によって影響はすべての生物界に及ぶ。偉大な土壌改良者の消滅はいつか人類の消滅につながるだろう」

ため息と同時に腹の虫が鳴いた。お昼の時間だ。今日も弁当だ。今朝はいつになく調子が悪くて手抜き弁当になった。御飯に梅干し、残り物の鮭のフライと切り干し大根の煮付け少々。手洗いに立つと宮坂に声を掛けられた。今日は自分もお弁当なので二階のテーブルで一緒に食べないかと言う。断る理由はなかった。それぞれ飲み物を用意して二階にあがる。

大きなテーブルにはやはりどっしりした質感の花瓶が置かれている。これを凶器にしなくて済んでいる日常に感謝して宮坂と向かい合って座る。宮坂は洒落た幾何学模様のランチボックスからサンドイッチを取り出した。「もう慣れました？　この仕事」「まあ、仕事そのものには慣れたけど、いろいろ腑に落ちないところがあって」「やっぱり？　私も変だ変だと思いながら意外と長く続けてるという感じで」宮坂の大きなマグカップから桃のような甘い香りがする。織絵はマグカップでインスタントのしじみスープを飲む。しじみは疲れに効くらしい。「たとえば、あの山岸夫妻。どうもよくわかりません。どんな人なんでしょう？」「なんでもあの所長さんは財閥の御曹司とかで相当な財産家らしいですよ。ビルをいくつか所有してて。この疲労学研究所も趣味みたいなもので、だからガツガツしてないでしょう。変なマニュアルとかジグソーパズルとかユニークだし」「宮坂さんもジグソー出勤簿ですか。全員じゃないから、なんで私がと思ってました」「あなたは選ばれたからって、言われたでしょう？」織絵が頷くと宮坂は、やれ、やれという顔をした。「誰にでもそう言うんですよ。まあ、ここに就職した人はみんな彼のお眼鏡にかなって選ばれたわけだから、全員一度はその台詞を聞かされたと思います。大した意味もないのにね」「全くね。で、宮坂さんはそのパズルを完成したわけでしょ？」「ええ、完成した絵を見たけど、何だか訳の分からない抽象画でしたよ。何のために毎日ピースをはめたのか今もわかんないです」「そうですか。それで、今は普通の出勤簿？」「はい、ここはタイムカードというものがないので、ノートに来た時間と帰った時間を書くだけ。自己申告です。アバウトでしょ。そのとおり給料を払ってくれるんですよ」「普通はあり得ないですね」以前はどんな仕事をしていたのかと聞くと、コールセンターで苦情係をしていたという。なるほど、感情的な客にも動じないでクールに対応し、ある程度相手に合わせる訓練ができているようだ。食べ終えて階段を下りる時、廊下に並んだドアが気になった。「あの部屋は何に使うんでしょうね？」宮坂は細い首をかしげた。「さあ、私も知らないんです。誰かが出入りしているのも見たことないですし」その時、織絵の聴覚が「ぐわあ」という微かな音をとらえた。「今、鼾みたいなの聞こえましたよね？　『ぐわあ』って」「え？　そうですか。私には別に」「いいえ、聞こえましたよ。あの辺の部屋の中から」「気のせいじゃないですか」彼女はこちらを気遣うような曖昧な笑みを見せてゆっくり階段を下りていった。午後に取り組んだ原稿は疲労に関する医学的なアプローチで、専門用語続出の異国語だった。おかげで先読みの誘惑に駆られることなく終了した。

　夜、悠介のズボンのポケットからダンゴムシがうじゃうじゃ出てきたのを見て、一気に噴火、熱い溶岩が悠介の脳天に滴り落ちそうなところにケータイの着信音が鳴った。

「え、ダンゴムシで大噴火？　あはは！　いいじゃない。男の子らしくて。それよりこの前言ってた変な職場、疲労学なんとかって、え？　まだやってんの？　とっくにやめちゃったかと思った。だって、怪しいって言ってたじゃない。ああ、そうか。背に腹はかえられないか。……そうだよね。実はあたしもその疲労学って興味津々だけど」大学時代の友人、池田由紀子は三十代後半から慢性疲労に悩んでいて、他の誰にも話せないんだと言いながら、頭痛、肩凝り、首凝り、背中の痛み、喉の痛み、目眩、全身のだるさなどについて頻繁に愚痴をこぼすようになった。「慢性疲労症候群だって診断された話、したよね。普通の疲れ方じゃなかったもの。身体を起こしているのもしんどかった。息してるだけで疲労困憊。病名がつかなかった時はマジ辛かったわ。身体がきつくてつい弱音を吐くと、根性なしとか、弛んでるとか、精神的に弱いとか思われるちゃうわけ。口に出して言われなくても雰囲気でわかる。病名ついてからも、理解してもらうのは難しい。だから、わかってもらいたいとも思わなくなった。でも、織絵にだけはね、わかってほしいんだ」またかと思った。独身で一人暮らしの由紀子にとって自分ぐらいしか本音で話せる人間はいないのだと思いながら、本当はうんざりしていた。同類の人間を二人も抱えたくない。「辛いの、わかってるって。それで、今はどんな調子？　少しはいいの？」「うん、一番しんどかった時に比べればね。高濃度ビタミンＣ療法が効いて少しよかったんだけど、でも、やっぱり人の半分くらいのパワーしか出ないから、ちょっと頑張るとすぐ疲れて、そうなると最低二週間は疲れが抜けないのは同じ」「でも、由紀子はすぐそばに両親がいるし、助けてもらえるでしょ？　あたしなんか母親は亡くなってるし、父親は遠くだし、母子家庭みたいなもんだから、悠介抱えて疲れたなんて言ってられないよ」「そうだよね。亮介さんはまだ入院してるの？」由紀子のトーンが下がった。「そう、まだ入院中。でも、退院してももう一緒に住む気はないよ。そのことはもう亮介に言ってある」「離婚するの？」「たぶんね」

　由紀子は気まずそうに言葉を濁して電話を切った。本当は入院ではない。説明が面倒だからそう言ってあるだけだ。由紀子だって大学時代は随分活動的でタフだった。所属していた新聞部ではあちこち取材に走ったり、みんなと一緒に夜中まであぁだこうだと議論したものだ。卒業後由紀子は地方の新聞社に入って張り切っていたのに、数年経った頃には連絡を取るたびに「疲れた、疲れた」と言うようになった。出版社勤務だった織絵も競争の激しい雑誌業界で寝る間も惜しんで頑張っていたので、由紀子に同情する余地はなく、「要するに疲れも気の持ちようだよ」などど発破をかけていた。三十代前半は脳がまだうかうかと勘違いできる幸せな年代だ。身体は三十路を越えても心は輝かしい二十代そのままで、まだまだ半永久的に若さが続くと思いこんでいる。織絵は四十代になってもまだこの錯誤にどっぷり浸っていた。たかが疲れぐらいで大げさに騒ぎ嘆く由紀子を疎ましく思う。ましてや、結婚当初はあんなにタフで爽やかな好青年だった亮介が十年も経たないうちに疲れ切ったボロ雑巾みたいになるとは！　もう充分に休養もし、好きなことをして充電もできただろうに、どうして回復しないのか。どうして妻と息子を二年も打っちゃっておけるのか、どうして家族のために死ぬ気で奮起できないのか。実際にはこうした非難を亮介にぶつけたことはなかった。病気なのだから仕方がないと我慢していた。しかし、そういう思いは浸透圧で全身から少しずつ滲み出るのだろう。ある時亮介がぼそりと言った。「家の中に底意地の悪い検察官がいるみたいだ」そのころはまだ織絵の中で何とか保っていた亮介を理解しようとする機能がその一言で損傷した。修復しがたいほどに。

　織絵はワイングラスになみなみと清酒を注ぎ、一気に飲み干した。悠介が織絵を避けるように迂回して台所の方へ行こうとしている。「悠介、ダンゴムシ捨ててきたよね？」「うん、捨てたよ」振り向いた悠介は妖怪でも見るように後ずさりする。「よし。じゃあ、お風呂入りなさい」「はいっ」いつになく殊勝な返事をして息子は風呂場に行く。母は酒を注ぐ。つまみの乾燥鱈をかじる。そう、自分は頑張ってきた。小学校までは腺病質で頻繁に熱を出したりお腹が痛くなったりした。人前では言いたいことも言えず、押入の中に自分だけの隠れ家を作るような子だった。中学になってソフトボール部に入ってからは「克己」をモットーに自己改造に励んだ。奮闘努力の結果、身体も心も見違えるほど強くなった。大学二年の春、いつも支えてくれた母親を事故で亡くした。母を批判し母というくびきから自由になろうともがき始めていた時に、乗り越えるべき壁が目の前から消えた。自分は父よりも母に似ているので、母親批判は自己批判でもあったが、その突然の喪失で自分がまだ母の匂いに包まれた幼児にすぎないことを思い知らされた。茫然自失の時が過ぎてからは、ただただ母の声音と温もりを求めて泣いた。亮介と結婚したのも彼が十五歳の時母親と死別しているという事情もあってのことだった。出版不況で会社が倒産、失業の憂き目に遭ったが、雇用保険で食いつなぎ、今はまたこうしてちゃんと仕事に就いた。頑張っているではないか。誰にも文句なんか言わせない。このところひどくなるばかりの首と肩の頑固な凝りを名誉の負傷と見なし、織絵は今日もひとつジグソーピースをはめた。ナンバー二十六。ピースは五十まである。こうなると全部はめ終わるのが楽しみだ。今朝は宮坂と和泉がもう出勤していて給湯室で何やらひそひそ話していた。

「二階の部屋に誰かいますよ、絶対います！　さっき鼾みたいなのが聞こえましたよ」和泉の可愛らしい声が珍しく断固たる主張をしている。クールな苦情処理係の声が答える。「まさか。そんなことはないですよ。あそこは物置のような部屋で」「三つとも、全部？」「さあ、それは」「じゃあ、三人で確かめに行かない？」織絵が入っていってそう言うと、たちまちそうせざるを得ない雰囲気になった。幸い所長も所長夫人も今朝は現れないようだ。三人で二階に行き、手前のドアからノックしていく。反応はない。全員ドアに耳を近づけるが何の物音もない。二番目もしかり。三番目も同様だと高をくくってノックした。どうせ誰もいないだろうと何回もしつこく。すると、まもなく物音がして中からドアが大きく開かれた。揃って息を呑んだが、目の前にぬっと現れた男を見て全員あんぐり口を開けた。それはいつもの何十倍も不機嫌オーラを放っている高草木だった。「泊まったんです。昨日は夜遅くまで仕事したんで。もう少し寝ます」ドアまでが不機嫌そうな音を放って閉まった。三人は呆気にとられて互いの顔を見合う。「何、あいつ！」「偉そう」「宿泊できるなんて聞いてない」宮坂がプライドを傷つけられたかのごとく呟いた。

「子どもの疲労」とタイトルを打つ。「子どもたちの疲労が軽視できないのは背景に生態リズムの乱れがあるからであり、慢性化すると恒常的なエネルギー不足を来たし、能力を著しく低下させ、生活リズムは体温調節機構だけでなくホルモン分泌リズムにも影響」

「ちょっと、聞いて、聞いて」和泉が口中に一杯笑いを溜め込んだリスみたいな顔をして傍らにかがみ込んだ。「二階の例の部屋の前にちょっと行ってみたら、ドアにね」そこでリスは溜め込んでいた笑いを吐き出した。「ドアにね、プレートがかかってて、Don't Disturb って書いてあるの！」織絵も吹きだした。「へえ、よくそんなプレートあったもんだねえ」織絵が感心してみせる。「やっぱり、ここおかしいですよね」「おかしいなんてもんじゃないわ。私なんか最近首に呪いの輪っかでもはめられてるみたい」織絵が首をさすると、和泉が言う。

「私もです。肩に性悪の妖怪でも乗っかってるみたいで、もう！」
「朝起きる時間になると副腎皮質ホルモン（コルチゾール）や視床下部ホルモン（β－エンドルフィン）が分泌され、活動へ向けての準備が整えられる。夕方には松果体からメラトニンが分泌されはじめ、夜の睡眠への準備がなされる。しかし、慢性疲労ではこれらのホルモン分泌リズムがずれ、分泌量も変化している」

　夏休みになった。悠介に自由研究の話をすると案の定ミミズの研究をしたいと言う。どんな研究かと聞いてみたら、得意そうに答えた。「安藤先生がミミズにおしっこをかけるとおちんちんが腫れるって言ってた。でも、本当かどうかはわからないんだって。だから、ぼくが調べるんだ。ぼくだけだと足りないから、ミックと拓真と弘樹にもおしっこ引っかけ係をしてもらうんだ」安藤先生というのは担任で三十代半ばくらいの男の教師だ。「へえ。その三人にはもう頼んだの？」「まだ。プールで会ったら話すんだ」「ほんとにおちんちんが腫れたらどうするの？」「ムヒ、つける」本気か、こいつ！　夏休み中はこのミミズ男子を置いて仕事に出かけなければならない。バカなことをやらかしてもすぐには発覚しないのが心配だ。弁当に加えて悠介の昼食も用意しなければならないのが面倒だ。七月末から連日のように熱帯夜で睡眠不足が続いている。朝の疲労が濃くなった。とりわけ首の痛みと疲れが酷い。

全方位凝り固まっていて、どうにも首が回らない。

そんな生活が始まって二週間が過ぎ、織絵のピースは四十七を数えた。節電で冷房温度は二十八度に設定されているとはいえ、外は三十五度の猛暑だから随分楽だ。むしろ腰から足元には冷えを感じる。こんなことは今までなかった。今日は膝掛け持参で気合いを入れる。久々の手書き原稿。文字は判読可能ながら、けちくさい小さな字で何だかむかつく。

「生きることは疲れることである。僕たちは疲れることでこの世に受肉した固有の存在を生き、日々疲れる主体としての自分を引き受けている。しかしながら、疲労に対する感受性は人それぞれであって、頑健な者が虚弱な者の疲れやすさを非難することはそもそも不当である。ところが、現実には人は往々にして自分の身体を基準に判断する傾向にあり、同じ仕事をして自分が余裕でやりおおせたのに、隣の人が弱音を吐くのを見ると軽蔑の念が湧いてくる。やる気がない、根性がないと非難したくなる。他人の身体の感覚や事情はわからないのに断定したがる。まあ、致し方のないことだ。ともあれ、疲労というのは一人ひとりが積み重ねてきた固有な過去と現在が剥き出しになる現象である。ある日突然とてつもなく過酷な疲労が重く大きなマントを広げて覆い被さってきたら、それを受け止めるしかない。鬱病が僕にいろいろな贈り物を与えてくれた。鬱病になる前は世界は単純な三次元世界で、〇〇と同様現実を見据えてやる気と根性をフル稼働すれば何でもできると思っていた。諦めずに頑張ればたいていのものは手に入るし、誠実に努力する姿をお互いに認めれば、居心地のいい家庭を築くことだってもちろんできる。そして、そのとおり実現したと思った。ところが、あろうことか十年も経たないうちに今まで経験したことのない激しく執拗な疲労に襲われて、ついに仕事ができなくなった。とうとう食べられず眠れず起きあがることさえできなくなった」

　織絵の指が止まった。伏せ字が一箇所だけある。手がしっかりと原稿を引き寄せ、目は真っ向からそれを読みにかかる。

「そのおかげで、僕の世界は広がった。四次元にも五次元にも六次元にもなった。薬を何種類も飲み、夢か現か判然としない世界を彷徨った。カウンセリングを受け、認知行動療法もやってみた。三年経った。ダメだった。指一本動かすのさえ奇跡に思われた。○○が僕に失望したのはよくわかる。その頃は○○が僕を見限ったのと同様に僕も情けない自分に絶望し、そんな自分を捨てたくなった。消えて無くなりたかったけれど、残念なことに死ぬ力がない。ひと思いに死ねるだけの筋力を回復したい一心で或る晩春の朝、家を出た。空気のきれいな所で療養したいからどうか僕を車で運んでくれるように○○に懇願して。そうして故郷、秋田の廃屋に移り住んだ。そこは僕が生まれた家で杉林に囲まれて放置されていた。尾崎放哉になった気分。放哉と違って、少し離れたところに住んでいる姉が僕の居室と食事に関していろいろ助けてくれた。ありがたいことに電気と水道も使えた。そこで僕は持ってきた何冊かの書物を読んで暮らした。聖書、方丈記、今昔物語、漱石、龍之介、賢治。それから、「ミミズ大全」聖書は芬々たる混沌の坩堝だ。血と暴虐と怒り、胸を引き裂く悲しみ、情熱と希望と虚無、これらが重層的に答えのない問いを無限に繰り出す。その歴史に基づいた編集者の手によって。この混沌の渦の中から異邦人のおまえは何を受け取るかと問いかけてくる。僕はすがるべき藁を求めてあてもなく言葉の海を漂流する。方丈記からは山が震え海が傾き大地が裂ける音、つむじ風の轟きが漏れ聞こえ、餓死者の死臭が漂い出る。今昔物語に閉じこめられたさまざまな暮らしのにおい。煮炊きのにおい、饐えたにおい、腐臭、生臭さ、抹香臭さ、人間臭さ。漱石、龍之介、賢治、ニーチェ、カフカ、みんな病とともに生きた人だ。おそらくは生まれながらに半身を異世界に残したままこの世を生きねばならなかった人たちだ。就中カフカ。カフカのことは勝手に畏友だと思っている。ミミズはお師匠さん。「ミミズ大全」はミミズに関するありとあらゆる知識の集大成だ。Yには負けられぬ。

　酷く疲れているのに眠れない。少し読書するだけでへとへとに疲れる。そんな夜はもうじき訪れるはずの別れがもたらす安らぎを思ってやり過ごす。時々は眠っているのかもしれないけれど、満ち足りた熟睡感がなくて四六時中ぼんやりと意識が続く。次第に時間の感覚というものもなくなって、いったいどのくらいの月日が経ったのかもわからない。少量の食べ物と飲み物は口にして、時折訪ねて来る姉と何気ない言葉を交わす。姉はいつの間にか若返って少女の姿になっていたけれど、別段驚くこともなく、そのおかっぱ頭の中学生が姉だということはすぐにわかった。姉さん、捕虫網を貸してくれないか。その柱に大きなカブトムシがいるんだ。Yに捕ってやろう。あたりの空気が澄み渡っていろんな音が鮮明に聞こえて来る。水の音。さらさらさらさら淀みなくまるでどこか遠くの遠くの別の世界から流れて来るような……それから、小鳥の声。雀のような鵯《ひよどり》のような昔から聞き慣れた懐かしい囀りが近づいては遠のいていく。そして、話し声。恋人が耳元で囁くような密やかで親しげで優しい声。そして、とうとう僕にその人の声が届いた。僕に決定的な方向転換をさせたその声……」

　さっきから声が聞こえていた。この原稿を書いた人間の肉声がはっきりと。織絵はその肉声を発する原稿を両手で強く握りしめていた。○○に当てはまる言葉もわかった。さらに読み進もうとした時、突然名前を呼ばれて跳び上がった。

「鈴村さん、マニュアル違反をしましたね」花模様の派手なブラウスを着た所長夫人が厳かに告げた。「こちらに来てください」恒子の後について階段を上り、一番手前の部屋に導かれた。そこに所長がいてコンピュータの画面を見ていた。「随分熱心に先読みされてましたね。原稿から声が聞こえましたか」誰かに見られていると感じていたのは気のせいではなかった。「はい、よく聞こえました」「それは慶賀の至り。残念でもありますが」

訝っていると恒子が付け足した。「あなたの勤務はあと三回で終了とさせていただきます。あのパズルが完成するまでということで」「それは納得できません。パートでも勝手に解雇できないはずです。少なくとも二週間前には予告するのが義務じゃないでしょうか」「それはきちんとマニュアルに従って仕事をした人が言える台詞ですよ。鈴村さん」「いったい、先読みすることがどうして解雇されるほどのことなんですか」所長が徐に口を開く。「実を言うとね、解雇はあなた御自身のためなんですよ。これ以上頑張ると疲労ウイルスにやられてしまうからね」「疲労ウイルス？」恒子が答える。「ええ、あなたも疲労ウイルスへの親和性が強いようね。このところ今までになく疲れを感じるってこと、ないですか」「はい、確かに」織絵は仕方なく首筋と肩の凝り、背中にまで広がってきた痛みと眠っても取れない倦怠感について話した。「やっぱりね。あ！　ほら、そこ！」恒子が織絵の首の辺りを指さした。「おや、ほんとだ。出てますな」所長が満足そうに頷く。織絵は思わず首の辺りを触ってみた。恒子が手際よく手鏡を差し出す。見ると、首の右側の辺りに薄赤くぷっくりと盛り上がった線状の筋が見えた。痛くも痒くもないので、全く気づかなかった。「それ、疲労ウイルスに感染した証拠ですよ。今まで数人の人にそういうのが出ました。手の甲とか腕に出た人もいましたよ」「そんなの、信じられません。どう考えても非科学的だし」

「まあ、あなたがどう考えようと御自由ですが、私たちが把握している事実を言いますとね、疲労に関する文書を見るんじゃなくて読み込んでしまうと、どうも感染するんですな。私たちはそれで疲労ウイルスという言葉を使うようになった。この種の原稿に読みふけるのは疲れに対してシンクロする体質だから、疲労ウイルスに感染するんですよ。すると、だんだん疲れが蓄積して体調不良になってやめる人が続出。始めは僕も信じられなかった。でも、何人もそういうケースが出てね、それからは先に読み込むのは禁止にした。でも、禁止されれば禁を犯したくなるのが人の常ってね。ただし、宮坂さんは別ですよ。あの人もさんざ先読みして声も聞こえたりしてるようだが、ぴんぴんしてる。影響なしだ。でも他の人はだいたい一年以内には体調不良でやめましたよ」「それは変ですよ。長時間キーボードを使うから肩や首が凝るというだけの話じゃないですか。凝れば痛いし重苦しくて疲れを感じる。当たり前のことでしょう」「ところが、それだけじゃ済まないんですよ。とにかく、あなたはやめた方がいい。あなたに関してはもう私たちの使命を果たしたことだし」「使命を果たした？」「ええ。ちゃんと疲れる人になってもらうこと、ちゃんと疲れる人を一人でも多く増やすことが私たちの使命なんです。我々人間のせいで海も山も大地も大気も地球全体が疲れてきています。生態系を守ることより飽くなき欲望を満たすことを優先させるのが人間という生き物なんですな。権力欲やら利益追求欲なんぞのためならてんで疲れを知らないのが人間です。貪欲な人間をその痛めつけた生態系並に疲れさせることが今や緊急を要する重要課題というわけですよ。まともに疲れを感じる生き物にするために、疲労ウイルスのついた文書を官邸や省庁や大企業に送りつけて、うっかり読みこんだ人間を疲れさせるのが目的です。その際、ちょっと秘密の呪文を唱えるんですよ。調子に乗りすぎた人類の勢いを削ぐためにですね。おかしいですか」「今度は呪文ですか。おかしいというか、荒唐無稽というか、それってやっぱり趣味の世界じゃないですか。だいたいトップクラスの人がそんなの読むんですか」「直接は読まなくても感染したわずかな人から空気感染します。誰も気づかないうちにね。私も家内ももう感染してますよ」「そうなんですか。じゃあ、今までにあちこち疲労ウイルスを送った成果はあったんですか」彼は肩をすくめた。「この仕事が正当に評価されるまで少なくともあと三十年はかかるとお答えしておきましょう。その前にあと十年もすればこの国はすっかり疲弊しますよ」「それでは困ったことになりませんか」「ええ、もちろん。同時に世界中を疲弊させないことには公平とは言えません。疲労こそ全人類の救世主というわけです。だいたい過労死する人は絶望的に疲れているにもかかわらず、疲れを感じるセンサーまで麻痺してしまって突っ走ったあげく死に至るケースが多いんです。そういう人を一人でも減らすためにも意義あることと思いませんか」そこで山岸は双眼ウインクを送ってきた。

織絵は首を傾げたまま山岸疲労学研究所を出た。確かに疲れている。疲労という目に見えないものが意思を持ち、大きなマントを広げて覆い被さっている。不愉快だ。それを振り払うようにリカーショップに立ち寄り、今まで横目で眺めて通り過ぎていた高清水の瑞兆を掴んだ。帰るとまず鏡で首を見た。ピンク色に細長く盛り上がった形状は全くもってのたうつミミズだった。ミミズ腫れだ。その夜、息子を寝床に追いやってから、その大吟醸しずく酒を冷やで引っかけた。結婚が決まった時、亮介の実家で振るまわれた酒だ。吊り下げられた酒袋から染み出てくるしずくを一滴一滴集めて作るんだと彼は自慢げに言っていた。織絵はぐいとグラスを傾ける。切れのいい辛口のしずくを口腔に染み渡らせる。

　島村に抱かれる夢を見た。肩が酷く凝っていると言うと、島村はその長い優雅な指で背後から揉んでくれた。いつのまにか彼の両腕は織絵の裸の脇から前に伸びて、鎖骨から胸、乳房を揉みほぐそうとしている。思い切って身体を預けるとたちまち全身がほどけていった。織絵の身体は水にたゆたう小舟になる。気持ちよく波に揺られ揺られて浅瀬に乗り上げると、そこは頭痛と吐き気という娑婆の浜辺だった。

　悠介の自由研究は進んでいた。研究の協力者として要請された三人の男の子に加えてもう一人志願者があった。香奈ちゃんという好奇心旺盛な女の子だ。悠介はおしっこ引っかけ係として大歓迎したが、それを事前に知った織絵によってその無謀な計画は阻止された。「あのね、女の子には男の子のようなホースがないから女の子はすわっておしっこするの。だから、ミミズとの距離が近くなるでしょ。その分ミミズから攻撃を受けやすくなって……」ミミズにおしっこをかけるという実験は女の子にとっては極めて危険な行為であるということを説明すると、悠介は香奈ちゃんには自分のようなホースがないことを知らなかった。それで、本当にないかどうか確かめたいと言う。何でも自分で確かめるという姿勢は大切だけれど、この場合はまた別の意味でとても危険な行為であることを納得させるのに難儀した。

夏休みも終わろうという日のある夕方、悠介は息せき切って帰るやいなや、パンツを下ろし前を見せて叫んだ。「ほら、ちんこ腫れたよ！」足の爪を切っていた織絵が驚いて駆け寄ると確かに小さなホースの先っぽが赤く盛り上がっている。「拓真と弘樹も腫れたよ。ミミズにおしっこをかけるとちんこが腫れるって本当だったんだ！」悠介は研究成果に喜んでいる。「ミックは？」「ミックは来なかった」「あら、そう」彼の手はしきりにそこを掻いている。織絵は黙ってムヒを差し出した。何の躊躇いもなくそこにたっぷりムヒを塗りこんだ悠介はヒ〜と叫び、前を押さえて倒れ込んだ。こうして、悠介の自由研究は蚊に食われて終わった。悠介はどんな感想を持っただろう。次回は少なくとも蚊に喰われない工夫をすべきことを学んだだろうか。ミミズとおしっこの関係にしたって、そう簡単ではない。まして、人間と疲労の関係はいかばかりか。

織絵は山岸疲労学研究所をやめた。その前に三日間出勤してあの文章の続きをじっくり読んだ。今さら先読み禁止もない。暗記するほど読み込んだ文面から今も声が立ちのぼる。

「その声はくぐもったテノールでこう言った。『わたしが生涯を費やしたのは、わたしの生涯を粉砕せんとする自分を阻止するためだった』それを聞いた僕の身体に閃光が走った。冷え切って停止していた僕の細胞に熱が生じた。その人はそう言うと頬がこけ骸骨のように痩せさらばえた身体をぐらりと旋回して背を向けた。「フランツ！」呼び止めたけれど彼は行ってしまった。そこで、僕の方から出かけていった。ウィーン郊外キーアリングのサナトリウムへ。その薄暗い部屋のベッドに元プラハ労働者傷害保健協会書記官は静かに横たわっていた。咽頭結核に冒されてもう話すことができないのを僕は知っていた。それでも、彼の声を聞きたかった。僕は跪いて目を閉じ、彼の弱々しい呼吸に耳をそばだてた。長い長い長い時間が過ぎた。一度だけ彼はその目を見開いた。まるで焦点の合っていない大きな瞳はまだ生き生きと潤んでいた。部屋の隅でじっと待機していた若い女性がやって来て僕をたしなめるように小さく首を振った。ドーラ・ディマント。彼の声はもう二度と聞こえなかった。

　けれども、僕の中にある理解が生まれた。彼はある日突然毒虫に変身したのではない。始めから毒虫だったのだ。正確にはそのような自己認識が生まれた時から毒虫だった。それを誰かに知らせるために『変身』を書かなければならなかった。そして、その分身を粉砕しなければならなかった。グレゴール・ザムザは自己懲罰のごとく死を受け入れる。同様に彼はヨーゼフ・Kを犬のように殺害し、城に辿り着けない測量士Kを疲労の果てに衰弱死させ、断食芸人を餓死させた。それは『わたしが生涯を費やしたのはわたしの生涯を粉砕せんとする自分を阻止するためだった』から。彼は自己破壊の衝動から自らを守るために書記官としての職務を誠実に果たし、いつ日の目を見るのかわからない状況で数多の小説を書き続けた。ろくに食べず眠らず、まるで早く病気になって自然死を迎えることが最善の道であるかのように。自らが羊と猫の中途半端な生き物であることを悟り、いっそひと思いに肉屋の包丁の助けを借りるのが一番望ましいと思いながらも何とか折り合いをつけて生きていこうとした。礼儀正しくひたむきな男。そのように最大限あたう限り施行された忍耐と誠実と義務の遂行は、僕のなまくらな脳細胞に強烈な活を喰らわせた。ようやくそういう局面に遭遇したと言うべきか。別れの安らぎは延期だ」

　仕事をやめる前に、いったいあれらの筆名のない文書は誰が書いたのかと尋ねてみた。所長によれば、それらは公募雑誌で投稿を呼びかけ、集まった原稿の中からこれはと思うものの筆者に連絡を取ってぜひ学術研究誌に採用したいと言うと、原稿料は払えないという条件でもほとんどの人が応じたそうだ。長期療養施設や鬱病の入院施設にも依頼して投稿を呼びかけたという。完成したジグソーパズルは結局何だかわからない代物だった。様々な色が不規則に組み合わさって川のように流れる一種の抽象画にしか見えなかった。

　仕事をやめた翌日から織絵は異様な眠気に襲われた。かろうじて悠介に食事を与えることだけはなしえたが、それ以外の家事は全面放棄して夜も昼もうとうとと眠り続けた。一生分の夢を見たと言えるほど毎日夢を見るのに忙しかった。悠介に黒い舟形の器に盛ったチャーハンを出したのが夢か現かもはや判然としなかった。誰かに激しく連呼される声を聞いて目が覚めた。傍らで泣きじゃくっている悠介を抱き寄せてようやくはっきりと正気づいた。さらに、空腹感が現実感覚を取り戻させてくれた。猛然と冷やし中華が食べたくなった。買い置きのインスタント中華を作って、悠介と二人ものも言わずに食べた。

　ようやく心身が落ち着きを取り戻した頃、池田由紀子に電話した。「あら、織江。久しぶり。私も電話してみようかと思ってたところよ」由紀子の声はいつもけなげに透きとおっている。ひどい疲れに苛まれていた時でさえ。「あのさ、由紀ちゃん、私、間違ってた。ちゃんと疲れることは大事なんだってわかった。疲れることは人間にとって大切な生存戦略で、かつ人間であることの証明なんだってこと。由紀ちゃんはちゃんと疲れることを知っていたから、正しくて偉い！」「ど、どうしたの、いきなり。熱でもあるの？　頭、大丈夫？」「大丈夫じゃないよ。今度ゆっくり会って話したいんだけど」「いいね。了解。じゃ、それを楽しみに生き延びるわ。ごめん。これから病院なんで、またこっちから電話する」由紀子はいつになく朗らかに電話を切った。

明日から学校が始まるという日の夕刻、人目に付かないくらい暗くなってから織絵は悠介と外に出た。スコップとシャベルを携えて。悠介がまたしても変なことを言い出したからだ。「僕、ミミズになりたいんだ」バカ息子がまたぞろバカなことを言い出した、とは思わなかった。代わりに、どうしたらミミズになれるのかと聞いてみた。すると、穴を掘ってミミズと一緒にそこに寝ればなれると言う。そこで、空き地の隅っこに二人寝ころべるほどのごく浅い穴を掘りにかかった。掘り始めると夢中になって時間が止まった。悠介もいつになく驚異的な集中力でシャベルを振るった。織絵も無心にスコップを使った。めでたく出現した土の寝床に二人で横になると、またぬらりと時間が流れ出した。「まあ、なんと気持ちのいいこと」ひんやりした土の感触が全身に伝わってくる。生きながら埋葬された気分。用意した渦巻き蚊取り線香が弔いの香りを放つ。悠介は予め用意しておいた特大ミミズを三匹ティーシャツの腹の上に這わせた。隣には愛すべきバカ息子と敬愛すべきミミズがいる。見上げる空の端っこからは鳥の子色の半月が酔狂な親子を見下ろしている。「ねえ、お父さん、いつ帰ってくるの？」「もうすぐだよ。一緒に迎えに行こうか」「うん！」悠介が弾かれたように身を起こす。「お母さん、今日はお父さんのこと聞いても怒らないんだね」「ふん」「ふんて言わないでよ」「じゃあ、へん、だ。へへん」「へへん、へへん」息子が笑う。彼の波打つ腹の上でミミズたちがのたくり笑う。風が渡る。星が瞬く。虫たちが読経する。「ウマオイだ。スズムシも鳴いてる」にぎやかに集く虫たちが夏の終わりを告げている。風が渡る。星が瞬く。虫たちが読経する。南無阿弥陀仏、南無阿弥蚯蚓《きゅういん》。ああ、疲れた。全く本当にちゃんと疲れた。織絵は長いため息をつき、目を閉じて放心する。悠介はもうミミズになってしまった。織絵は疲れた首に飼っている一匹のミミズを撫でる。首のミミズはくっきりと盛り上がり熱をもって痛む。眼裏《まなうら》に浮かんだジグソーパズルが次第に明暗を鮮明にし、ついに一つの具象と化した。それは、今、悠介の腹の上で身をくねらす生き物と酷似していた。

参考文献

●大村裕・渡辺恭良『脳と疲労―慢性疲労とそのメカニズム』共立出版　二〇〇九
●井上正康・倉恒弘彦・渡辺恭良編『疲労の科学』講談社サイエンティフィク　二〇〇一
●池内紀・若村恵『カフカ事典』三省堂　二〇〇三
●フランツ・カフカ『流刑地にて』白水社Uブックス　二〇〇六
●若槻泰雄『日本の戦争責任上下』小学館ライブラリー　二〇〇〇
●中村方子監修『あなたの知らないミミズのはなし』大月書店　二〇一〇

するめちゃん

淡いピンクの花びらが風に舞って、桜はみるみる葉桜になった。木蓮は大きな白い花びらを脱ぎ捨てて、萌葱色の柔らかそうな葉で全身を装い、エゴの木は毛細血管のようなか細い枝を空に向かって伸ばしている。おまえのアパートの狭い庭にも新緑の季節がめぐってきたね。

それなのに、おまえは窓を固く閉ざして光あふれる春を見ようともしない。座敷牢に閉じこめられたように、息を潜めている。もう一年半になるだろうか。おまえは今二十歳。青春まっただ中だ。おまえのふっくらとしていた頬はこそげ落ち、艶やかだった顔は青白く、生き生きと濡れていた黒い瞳は暗く伏している。

そう、おまえは今とても疲れている。身体を起こしていられないほど、深く疲労している。何もする気になれない。ただどうにか呼吸をしているだけ。それだけで精一杯なのだ。人生にはそんな時があるさ。僕はがんばれなんて言わない。そんなことを言う資格は僕にはないからな。たとえ、言ったところでおまえには聞こえないだろう。僕はおまえをじっと見ているだけ。おまえは僕が見ていることにさえ気がつかないだろう。僕は人の姿をしていないから。

僕が人の姿をしていたころ、あれは真夏の海だった。小麦色の肌をした美しい若者たちが泳いだり甲羅干しをしたり、サーフィンに興じたりしていた。白い砂浜と目の覚めるような青い海と、夏雲の湧くＣＧのような鮮やかな空。すべてが輝いていた。僕は二十二歳になったばかりだった。世界はあまりに美しく、あまりにまばゆかった。目がくらんで立ちすくむほどに。

ねえ、世界が美しいということがどんなことかわかるかい？　美しい世界は魔物のように、時に人を駆り立てる。僕はその時、魔物に魅入られてしまった。いつの間にか日が傾いてぎらぎらした太陽が火の玉のように水平線に落ちようとしていた。海辺にたたずむいくつかの影が優しく抱き合っているのが見えた。僕は何者かに引き留められたようにその場にたたずんでいたよ。一緒に来ていた僕の仲間たちは先に引き上げて、次の楽しみへと向かっていた。

その時の海辺の光景は本当に僕の貧しい言葉では言い表せない。海も空も太陽もまだ本当の名前をもたないもののようにそこにあった。僕はそれらに本当の名前をつけてあげなければならないと感じた。それほどあの時はすべてが新鮮で、生まれて初めて見る景色のように思えた。でも、それは初めてではなく、最後だった。

僕は本当の名前をつけるために、海と空と太陽の中に飛び込んだ。そして黄金の光に向かって泳ぎ続けた。あの光が消える前にどうしてもその光の束をこの手につかまなくてはならないと思った。泳いでも泳いでも光に届かず、あたりは急速に暗くなった。僕の手足は疲労してだんだん重くなったよ。そして、ついに動かなくなった。おまえは僕のことをばかだと思うかい？

　あの時が僕が人の姿をしていた最後の時だった。でも、僕は後悔なんかしていない。人生に意味などありはしない。僕らの生はいつどこでだれに踏みにじられるかわかったものじゃない。アリやゴキブリと同じさ。絶対王政時代の王様だって大して変わりはない。いつ神の手が現れて、虚空に炎の文字で死を刻むか知れない。僕は自分の方から死に向かって行っただけだよ。心の広い死はそんな不遜な僕を寛容に迎え入れてくれた。くだらない生にピリオドを打って、おまえも早くこっちに来ればいいと思うこともある。でも、おまえは僕とは少し違うみたいだ。

　おまえはがんばって勉強して希望の大学に入った。僕に比べればずっと真摯で努力家だ。でも、せいぜい一か月大学に通ったところで、おまえの身体はいっこうに大学に向かわなくなった。無理して大学へ行っていたころのおまえのことを思えば、それでいいのだろう。あのころのおまえは見ていられなかった。おまえは自分の存在そのものを恥じているようだった。あの広い大学のキャンパスのどこにもお前の居場所がないというふうに、おまえは身の置き所に困っていた。それで、お昼の食事をトイレの中で済ませた。食堂に一人で入っていくのが苦痛だったのだ。おまえはトイレの個室に立って、買っておいたパンをかじり、缶コーヒーを飲んだ。ごった返す学食で見知らぬ人間と顔つき合わせて食べることに比べれば、トイレという個室の方がずっと快適だった。

おまえは教室でも自分の周りに見えないバリケードを築き、自分から人に話しかけることをしなかった。たいていの人はおまえの築いた見えないバリケードに気づくので、それ以上進んでおまえと関わりになろうという変わり者はいなかった。なぜって幸か不幸かおまえはお世辞にも美人とは言えないし、愛嬌なんてものも薬にしたくとも爪の垢ほども持ち合わせていないから。おまえは明るく健全なクラスメートから陰口を言われていた。「あの人、暗いし無口だし、なんだか気持ち悪いわねえ」なんてね。

そして、ある時誰かがおまえに面と向かって言った。「あなたって、背後霊みたいな人ね」と。おまえはたちまち周囲の男女の弾けるような笑い声に包まれた。お前は顔を引きつらせてうつむいていたね。仕方がないさ。おまえの無愛想は子どものころからだからね。とりわけ久しぶりに会った親戚のおばさんたちが必ず口にする通り一遍のほめ言葉にはいつもむっつりしていたね。僕は知ってたさ。みんなが楽しそうに縄跳びやドッジボールをしているときにも、地面にしゃがみ込んでじっとアリを見ているような子だった。

おまえは周りの人たちと同じようにできない。同じように振る舞うのが苦痛でたまらない。愛想のいい明るく元気な子ばかりがかわいがられて、一人で物思いに沈んでいる子は暗いと言って否定される。どうして明るくなければいけないのか、どうしていつも元気でいなければいけないのか。誰も教えてくれなかった。今も同じこと。色とりどりの衣装を身につけ、見てくれのいい異性を求めてキャンパスをひらひらしている女たちも、あわよくばナイスバディの可愛い女の子を射止めようと、いつも目配りを怠らない男たちもおまえには縁なき衆生だ。人と会って話をするのさえ今のおまえには苦痛なのだ。知っている人を遠くからそれと認めると、とっさに避けて身を隠すおまえなのだ。そして、そんな自分を責めている。情けないと責めている。

僕は責めない。むろんおまえのことも責めないが、僕自身のことも責めない。僕が僕の短い人生で言ったこと、したこと、たとえそれがどんなに他人を傷つけ、苦しませたとしても、仕方がないと思っている。なぜなら、僕が僕である限りそれらのことは必然的であって、他のあり方はできなかったと考えるから。だから、事故か自殺かわからないような死に方をして家族を悲しませたことでも、僕は自分を責めることはしない。それは僕という現象の最後の光芒のようなものだった。だから、僕は満足している。実際、あの夕日の海は僕の命を捧げるにふさわしかった。

そう、そう、僕はあの海と空と太陽に新しい名前をつけようとしていたのだった。だが、結局それはできなかった。そして、不要のこととなった。なぜなら、海も空も太陽も今では僕の中に吸収されて無になってしまったから。僕はそれらを自分と区別する必要がなくなった。区別する必要がなければ名前は要らない。今となっては僕にとって意味を持つ対象はただ一つ、おまえの存在だけだ。

僕は僕の短い人生で何もしなかった。ただごく普通に毎日食べて学校に行って、風呂に入って寝るだけだった。特に秀でた才能もなかったから、絵も描かず、音楽も奏でず、詩や小説も書かず、僕の死後残ったものは何もない。実にすがすがしい。何？　そんなことはない、こうして僕の魂が残ってさんざんどうでもいいおしゃべりをしているじゃないかって？　さあ、今の僕が魂なのかどうか、そんなことは僕にもわからないし、またどうでもいいことだ。今の僕に言えるのは人生なんて、もともとろくでもないものだということだけだ。それは、たぶん努力奮闘の結果、あるいは生まれながらに多大な名誉や称賛を受けてしまった人の人生ほど、そういうものだろうということだ。この世で報われるというのはひどくむなしく下品なことのように僕には思われる。

だから、僕のたった一人の妹よ、おまえは自分を責める必要なんて全くないんだ。おまえは部屋に閉じこもってはいるが、ちゃんと生きている。一刻一刻生きることのつらさに耐えている。この世で何が難しいって、何もしないでいることほど難しいことはない。病気やけがでベッドに縛りつけられているわけでもないのに、じっと一人で自分と向き合っているなんて、誰にでもできることじゃないさ。

世の中には身体が不自由な人がいるね。事故や病気で歩けなくなったとか、生まれつき目や耳が不自由だとか、そうした人たちが健常な人々と同じように社会生活ができないからといって、誰も彼らを責めたりしない。たとえ、彼らが悩んで閉じこもっても、誰もが彼らの苦悩に共感するだろう。そして、もしそのような人たちが苦難を克服して、パラリンピックに出たり、大学に進んだり、社会的に活躍したりすると、みんながその努力と精神的強さに感動し、励まされ、称賛を惜しまないだろう。これらは僕にもとてもよく理解できる。

ところが、おまえのように五体満足で身体のどこにも目に見える障害がない人間が部屋に閉じこもって何もしないでいると、世間は怠けている、甘えている、自分勝手だと非難する。おまえ自身もそうした非難を日々自分に浴びせている。でも、ここらでゆっくり深呼吸して考えてごらん。おまえは確かに統合失調症でも、躁鬱病でもないらしい。それでも、大変な生きにくさを抱えている。健常な人が難なくクリアしてしまうハードルがおまえにはどうしても越せない。何でもない世間話ができない。この社会が暗黙のうちに強制してくる集団的無意識のようなものに同調できない。

この困難を乗り越えようと歯を食いしばって努力しても、誰一人ほめてくれる人はいないだろう。そして、その努力が身体に障害をもつ人とは別の意味でかなり過酷なものだということを理解する人は少ないだろう。体のハンディキャップと違って、心のハンディキャップは目に見えないから、おまえのようにただ普通に生きるのが不器用な者の苦労は理解されにくい。今までにこのことをよくわかっている人もいた。たとえば、パスカルはパンセの中でこう言っている。

「人間の不幸というものはただひとつのこと、すなわち部屋の中に静かに休んでいられないことから起こるのだ」ってね。

　それから、中国には昔から隠者の思想というのがあって、俗世にほとほと嫌気がさして山の中に隠遁する話があるね。今のおまえも町中で半分隠遁しているみたいなものだろう。隠者は自分は世の中で役立たずだと自分を責めたりしなかった。むしろ、堂々とこせこせした世間を睥睨し、隠者の生活を楽しんだ。李白の詩は好きかい？

「余に問う　何の意ありてか碧山に棲むと　笑って答えず　心自ずから閑なり　桃花流水杳然《ようぜん》として去る　別に天地の人間にあらざるあり」

『山中問答』という詩だよ。高校の時、教科書で読んで気に入って、ノートに書き写したりした。おまえの安アパートは緑の山奥でもなく、桃の花が流れに浮かんで遙か遠くに流れ去っていく光景も見えないけれど、おまえの棲んでいるこの部屋も確かに俗世間とは違った別の世界ではないだろうか。だから、おまえはどうしてこんな狭いところに閉じこもっているのかと聞かれたら、「笑って答えず心自ずから閑なり」と言って煙に巻いてやったらいいのさ。いったいどうして部屋の中に静かに休んでいちゃいけないのか。一生休んでいたっていいじゃないか。それが怠け者のぐうたらの人生の落伍者だなんてどこのどいつがどうして言えるというのだろう。

何か月か前までは自分でスーパーに出向いて、自分の食べるわずかの食料は調達していたのに、今はそれもしない。週に一度、母親が一時間電車に乗ってお前のところまで来て、一週間分の食料を買っては冷蔵庫に目一杯詰め込む。洗濯した下着を置き、汚れ物を持ち帰る。父も母もおまえを家にひきとって一緒に暮らそうとしたが、おまえは強く拒絶してここにとどまった。両親はおまえがいつか自殺を図るのではないかと毎日心配している。それで、毎日おまえに電話する。だが、おまえに限って自殺はしないだろう。僕にはわかる。自殺をするにはおまえは考えすぎる。いろいろなことをくよくよとしつこく考えている。それは、絶えずブレーキを踏んでいるようなものだ。僕のように衝動的にアクセルを踏み込むことができないのがおまえだ。だから、案外しぶとく生き抜くだろうと僕は思う。

その上、おまえは結構なナルシストだ。激しい自己嫌悪に陥る一方で、そんな自分を深く愛している。自己を批判し、心から情けないと思い、こんなことなら死んだ方がましだと嘆きながら、そんなふうに自分を見つめることができる自分を秘かに誇っている。明敏なおまえはこのからくりに気づいていて、そんな自分をいやらしいと思いながら、またしてもそんな自分にうっとりしている。うっとりしている自分をまた嫌悪する。どこまで行ってもいたちごっこで終わりがない。おまえはこれを自我の呪いと呼んでいるようだ。おまえは目下この自我の呪いから解放されることをひたすら願っているらしい。それは僕に言わせれば簡単なことだ。自我の呪いの原因は自意識の分裂にあるのだから、分裂させなければいいのだ。

　たとえば、おまえが時々やっている健全な行為の時のように。その時、おまえは下着姿になって身体を横たえる。おまえの前には姿見が壁にもたれかけて置いてある。おまえは柔軟体操をするように屈伸したり、思いきり体を反らせたりする。ブラジャーの胸の谷間からおまえの可愛い乳房が盛り上がる。白いキャミソールがまくれて、おまえの柔らかそうな腹が見える。形よく突き出した二つの丘から伸びた白い足、その交差するところにある黒い森。そう、おまえはもう下半身に何もつけていない。おまえは若い女の肉体を鏡に映してねちねち味わっている。やがて、ブラジャーもキャミソールも脱ぎ捨てて、二つの乳房を詳細に眺める。そして、乳ガンの検査でもするように片方ずつ念入りにもみほぐし、ひねり、また、整える。

　そんな時のおまえは自我の呪いなど眼中にないはずだ。おまえが自らの身体を慰め、快楽を味わう時、おまえの自意識は統一されている。おまえの身体は異性にとってそれほど魅力的とは言えないけれど、僕は好きだ。おまえの身体もおまえ自身と同じように無愛想で冷たそうだ。だが、そこがいい。たまらなくいい。妹じゃなかったら、抱きたいと思う。いや、妹であっても抱きたい。でも、残念ながら、今の僕には人間の身体がない。

　ねえ、覚えているかい？　僕らの育った古い家に大きな戸棚があっただろう？　あの家は火事で焼けてしまってもうないけれど。僕もおまえも小学生ぐらいの時に、毎日のようにあの戸棚を開けたね。戸棚の中には古いがらくたがいっぱい詰まっていて、かび臭いような変な匂いがした。でも時々そこには思わぬ美味しい物が入っていたりした。たとえば、近所のおじさんが持ってきてくれたアメリカ製のチョコレート。アメリカ人と結婚したそのおじさんの娘がたまに里帰りしたときに、おじさんからそんなお菓子をおすそわけしてもらったね。ハーシーと言ったっけ。あのチョコレートの味はまだ覚えている。こってりと甘くてミルクの濃厚な風味があった。戸棚には饅頭やみたらし団子が入っている時もあった。

　子どもというのはいつもお腹をすかせているというのか、何だか口寂しいというのか、遊びの合間に何かないかとすぐに食べ物を探したくなる。僕が特別さもしい子どもだったのかどうかわからないけれど、お前といっしょによくあの戸棚を開けた。ある時、ひどく空腹だったのだが、戸棚の中には何もなかった。諦めきれずに奥の方まで探してみると、干からびてそれは固くなったするめが出てきた。仕方がないからそれをあぶって食べることにした。火鉢に網を載せてあぶり、マヨネーズをつけて食べると、意外においしかった。おまえとふたりで香ばしい匂いの漂う固いするめを噛み続けた。やがて奥歯が痛くなったけれど、お腹はいっぱいにならなかった。仕方がないからガムみたいにいつまでも噛んでいることにした。今度は顎まで痛くなった。するめは噛むほどに味が出たよ。

　僕の愛しい妹よ、おまえはするめだ。するめのように固くて無愛想で人好きがしない。だから、甘くて柔らかくて見てくれのいいケーキのように人を惹きつける魅力はおまえにはない。けれど、するめにはするめの味わいがある。その固く干からびた身は温めて噛んでほぐされて、やっとその味を出すことができる。僕の可愛いするめちゃん、おまえは僕がおまえのことをどんなに愛しく思っているか知らないだろう。おまえのうちに秘められた美しさ、気高さ、聡明さ、この地球上の誰一人としておまえの輝きに気がつかなくても、僕にはわかっている。おまえは谷川の流れに洗われる透きとおった石のよう、森の奥深く棲むしなやかで臆病な子鹿のようだ。今のおまえがどんなにこの世の現実に対して無念であっても、絶望するには及ばない。

　僕の可愛いするめちゃん、つまらない男に噛みつかれたら、そいつの歯を折ってやれ。つまらない女に踏みにじられたら、そいつの足を切り裂いてやれ。僕がこんなにも心を熱くしておまえを見つめているのに、おまえには何ひとつ伝わらない。おまえは読書に疲れて万年床にもぐりこんだままだ。いつも同じトレーナーにジーパン姿で、肩まで伸びた髪はくしゃくしゃで、いっぱいふけがたまっているね。かゆくはないのかい？

僕の可愛いするめちゃん、若葉が風にそよいでいるよ。白い雲が天空を渡っていくよ。宇宙の果てから燦々と光が降ってくるよ。そして、僕の腹の底からは力強く笑いがこみ上げてくる。僕は大声で笑おう。何だかとても楽しいんだ。おまえがどうなっても僕は笑っていよう。あのチャップリンがこう言った。人生はね、近くで見ると悲劇でも、遠くから見ると喜劇なのさ。おまえにこれがわかるまでにはあと五、六十年はかかるだろう。僕は一気に時空を超えたから、もうわかったというわけさ。すべてを笑い飛ばす日が来るまで、僕はこれからもずっとおまえのことを見守っていよう。

そして、いつの日かおまえがこちらの世界に来たら、ゆっくり積もる話をしようじゃないか。積もる話が終わったら、二人で光り輝く朝日の海に飛び込んで、今度は陸に向かって泳ぎ出すとしよう。きっと素敵な旅になる。

僕の恋人は薔薇の香りのおならをする

やっと、ようやく、とうとう、ついに！
できた、できた。何がって、ニキビじゃなくて、おできじゃなくて、もちろん、かさぶたでもなくて、子どもができたじゃ、やりすぎで、そうではなくて、いわゆる彼女、特別な意味のこめられた固有名詞のような代名詞、彼女、彼女だ、彼女！　彼女ができた！　恋人ができた！　この僕に！　初めての本格的な恋人だ。それも、そんじょそこらの恋人じゃない。なにしろ、僕の恋人は薔薇の香りのおならをする！　世にも希少な素晴らしい恋人、レア・スウィーティー！

　薔薇の花びらのサラダを食し続けたわけでもなく、薔薇のサプリを何年も飲んでいるわけでもない。しかし、彼女は薔薇の香りのおならをする。なんて素晴らしい！　アロマ皿にベルガモットの精油を落とすように、彼女は春爛漫の桜の園に、照りつける夏の窓辺に、秋立つコスモスの丘に、冴え渡る冬の大気に薔薇の香りと可愛い響きをそうっと落とす。万里の長城にサン・ミシェル教会が移転し、ヴァチカンと永平寺とイスラム寺院が隣り合い、砂漠に緑がしたたり、氷河の崩壊がなかったことになり、廃墟から希望が生まれ、全人類と地球が歓喜に震えるほど素敵な……いや、僕は何を言っているんだろう？　自分でもわからない。そう、おならだ、おなら！　おならが逆噴射して脳天からすうっと抜けて宇宙に達し、銀河の中心を挟む形で巨大な泡となり、果てはハレー彗星と伴走してブラックホールに消える。

いや、素晴らしい。めちゃくちゃ、いやさかに素晴らしい！

　さて、おならと屁の違いは何か？

　そんなこと、考えたこともなかった。森田家で思いがけず放屁学概論の試験を受けるまでは。森田波瑠音《はるね》の母親は麻子さんと言って、色白でほっそりした身体つきの面妖な人だった。面妖というのは顔が見る角度によって若くも年寄りにも見え、本当は人間じゃないんじゃないかと思わせるような節があり、ケチかと思えば意外や気前よく、また、言葉遣いなども日替わりで、いや時間替わりでひょいひょいと変わるためだ。

　初めて森田家を訪ねてから一年が巡った。あの日から僕の人生は少しだけ変わった。少しだけど重要な変化。それまで僕は小さな鏡の部屋に住んでいた。外を眺める時もマジックミラーみたいな鏡をとおしてしか見ることができない。鏡にはもちろん自分の姿が映っている。眠っている時も僕は鏡を見ながら夢を見て、鏡を見ながら怒ったり笑ったりする。鏡によって生の現実から一枚隔てられる。僕の現実感はしばしば希薄になり、大根役者ばかりの下手な劇を見ているような気持ちになる。僕はその中でも一番下手くそな箸にも棒にもスプーンにも引っかからない大根役者だ。僕は僕を見て呟く。「違う、違う、そうじゃない、そうじゃないって言ってるだろ？　どうしてそうじゃないようにできないんだ？」「いや、違わない。やっぱりそうじゃないなんてあり得ない」ブツブツ。いつまでもブツブツ、ブツブツ。

どうにも逃れられない鏡の間で囚われの身のピエロが一人芝居をする。ブツブツ、ブツブツ。

　変化はとても微かな風のそよぎみたいにやって来た。あるいは、水面にプクッと一粒湧いたあぶくみたいに忍び寄った。始めは小さかったあぶくがだんだん膨らんで増殖して、鏡の部屋の下部に溜まっていった。そのあぶくは淡くはかなくすぐに弾けてしまいそうに思われた。実際、弾けてしまったけれど、弾ける時にある作用をした。鏡を曇らせたのだ。鏡はだんだん曇っていって、以前ほどはクリアに映し出さなくなった。それは僕にとって幸いなことだった。僕はそのあぶくの作り方を覚えた。それはわかってしまえば大して難しいことではなかった。あぶくというのは要するに風呂の中で放った屁のようなものだ。いつでも好きな時に脳内で屁を放ればいい。風呂のあぶくは一瞬で消えても、僕が脳内でひり出すあぶくは持続力を持っている。この屁のガスが鏡を曇らせやがて溶かすのだ。何を言ってるのかわからないって？　もっと上手く言えるようになりたいと僕も思っている。いずれにせよ、あの日から僕はそれまでの僕とは微妙に違っていった。依然として小さな鏡の間の住人であることに変わりはないけれど、その部屋に所々隙間ができ始めたからだ。

　それで、この一年足らずの間に僕が経験したこと、感じ、考えたことをこれから話したいと思う。ほら、そこのあなた、あなたですよ。あなたがもし嫌じゃなかったら、ちょっとだけ時間を割くことができたら、そして、もし、あなたがBタイプの人で、なおかつ、おならに興味があったら、あなたにぜひ聞いてほしい。僕はあなたに向かって語りたい。Ｂタイプって何かって？　もちろん、その話も。

あの日、僕は初めて森田さんの家を訪ねた。とんでもなく暑い夏の昼下がりだった。波瑠音が書いてくれた地図を頼りにくねくねした住宅街を歩いてようやく見つけた家は見るからに古い瓦屋根の二階家だった。誰かの小説で読んだ昭和の家みたいだ。玄関の脇の軒下からは緑の葉っぱが生い茂って瓢箪みたいな細長いものが幾つもぶら下がっていた。庭には丈高い向日葵たちが見張りに疲れたみたいにうなだれて咲いていた。僕はタオルで汗を拭いながら、何日も溜め込んでいたような大きなため息を二つ吐いた。地図がひどく大雑把であちこち迷ったおかげで、運動不足が解消し、汗も滴るいい男になって森田家の前に立ったのだ。呼び鈴らしきものも見あたらないので、声をかけるしかなかった。二、三回呼んでみたが反応がない。ラジオのボリウムを上げるように、だんだん声を大にして何度か呼びかけたら、引き戸がガタピシと開いて、初老の女性が一人出てきた。

「あのう、工藤と申しますが、波瑠音さんは」

「いませんよ」

僕が全部言い終わらないうちにそっけない答えが返ってきた。事務的な声音とは裏腹に目は柔和に笑っている。それから、何が可笑しいのか、クククと若い女のような忍び笑いをした。

「でも、あなたのことはちゃんと聞いていますよ。あ、私、波瑠音の母親で麻子と言います。麻子さんって呼んでくださいね。さあ、どうぞ」

　僕は肝心の波瑠音がいないことに少なからずショックを覚え、心の中で波瑠音をなじった。靴を脱いだのはただただ冷たい飲みもの欲しさだった。今時丸い卓袱台なんか使ってるうちがあるのかと驚きながら卓袱台の前に座った。「ちょっと待ってて」とさっきと違う何だかぞんざいな感じで言うと、いなくなった。僕はきっと冷たいカルピスか麦茶が出てくると信じて待っていた。アクエリアスとかレモネードとかは期待しなかった。ところが、そのどれも現れず、麻子さんが持ってきたのは白い一枚の紙ぺらだった。

「試験だよ」

「はい？」

　自分の耳を疑いつつその紙を見ると、とんでもないことが書いてあった。

「放屁学概論考査　①おならと屁の違いは何か？　②おなら、あるいは屁についてあなたの考え思うところを自由に述べよ。いずれも字数制限はなし」

　僕の脳内ではエクスクラメーションマークとクエスチョンマークの群れが明滅しながら乱

れ飛び、それから、どういうわけか足の裏がムズムズし始めた。僕の足の上で数多のムカデが徒競走しているみたいに。

「初めてここに来てくださった方は一人残らずみんなこの試験を受けることになってますの」

　彼女の言葉がまた丁寧に戻り、それにふさわしく「ほほほ」と笑った。脳内でクエスチョンマークがみるみる増殖した。冗談じゃない。そんなの聞いてねえよ、と叫びたかったのに、僕の口は相手の術中にはまる愚問を発した。

「あの、おならと屁って、何か違うんですか」

　僕の愚問は正当な解答を得た。

「何か違うから聞いてるんだよ。何でもいいから好きに書いてみなよ。誰でもおならの一つや二つしたことがあるだろ。もちろん、あんたもね。客観的な記述でなくとも体験談でもいいからさ」

　麻子さんはまたもやタメ口になったと思ったら、すこぶる真面目な面持ちで鼻を摘んでしかめ面を見せた。僕は思わずぷっと吹きだした。そのとたん、あろうことか下の方からも音が出たのではないかという感覚にとらわれて、下半身に緊張を覚えた。彼女は満足そうに微笑んで「アイス珈琲、持って来ますね」とまた丁寧語に変わって、立ち上がった。麻子さんはさっきよりずっと若く見えた。最初は六十ぐらいに見えたが、今は四十ほどに見える。
四、五日前コンビニのバックヤードで波瑠音と話した時のことを思い出した。波瑠音はその日でコンビニのアルバイトをやめることになったと言って、僕に声をかけてきた。
「工藤君、ぜひうちに遊びに来て！　お願い！　絶対、絶対、あなたに来てほしい、ボナ」

あまり真剣に何度も誘うのと、意外にも波瑠音の家が僕のアパートから歩いていける距離だったということで僕は重い腰を上げた。それなのに、いざ来てみれば波瑠音は留守で、代わりに変な母親がいて、変な試験を受けるはめになった。まったくどうなってるんだと思いつつ、手が勝手に自分のペンを出して答案用紙に名前を書き込んだ。まあ、たまにはこんな展開も悪くはない。

「はい、どうぞ。今日も暑いこと」

アイス珈琲は景品で当たったビールジョッキみたいなやつにたっぷりと入っていた。氷の数が足りないのが不満だったが、僕はぐいぐい喉を鳴らして飲んだ。インスタントの味だったが、十分に美味かった。

「はい、一応、鉛筆と消しゴム」

麻子さんはそれを卓袱台の上に置いた。

「あのう、なんで、放屁学概論なんですか」

おずおず聞いた僕を待っていたのは高らかな哄笑だった。

「詳しいことはあなたがその答案を出してからゆっくりお話しします。波瑠音もそのうち帰って来るから。試験時間は四十分！　はい、用意、始め！」

麻子さんが声に気迫をこめて両手を打ち鳴らした。僕はゲートに並んだ競走馬みたいに武者震いし、足の裏をもんだ。ムズムズは落ち着いてきた。腕時計を睨んだ。時間を区切られると俄然やる気が湧くのは、予備校以来の習慣だった。試験の最中だけは集中できる。

僕はしばらく考えた。予備校の小論文講座で習ったようにまずは箇条書きにして流れを作ってみた。尤もらしく屁の出る仕組み、屁の成分から説き起こし、屁の効用、屁の文化史、文学と屁、個人的屁の経験まで書ければいいと筋道を立ててみたが、科学的知識は中途半端で書くに耐えない。おならと屁の違いについても名称の違い以外に相違があるとは思えなかった。考え込んでいる時間はない。何でもいいから書けることから書き始めた。屁を我慢するとどうなるかというのを最近テレビ番組で見たばかりだったのでそこから攻めた。そこから強引に健康における屁の効用を説き、「丸く出て四角に臭うこたつっぺ」とか「ズボンの屁右と左に鳴き別れ」とか記憶にある川柳を引き合いに屁が人間にとって親密なもの、いつの世も笑いの種であることを述べ、最後に個人的な経験を書き始めた。暑さも忘れて没頭し、気がつくと麻子さんがにこにこして目の前に座っていた。

「あんまり一生懸命だったから、声をかけそびれちゃった。五分オーバーです」

「あ〜」

僕はこれまで時間切れで終わった数多の試験時に共通の情けないため息を漏らした。

「お疲れさま」

麻子さんが三人分の緑茶と羊羹を並べた。

「波瑠音、試験、終わったよ」

麻子さんが呼ぶと赤いティーシャツにジーパン姿の波瑠音が現れた。

「どうも、ほんとに来てくれて嬉しかった！　ボナ。驚いた？」

「そりゃ、驚いたのなんのって。ボナさん」

三つの声が笑った。麻子さんがお茶を勧めてくれた。熱い緑茶が美味かった。縁側の方から涼しい風が吹いてきて、軒先にぶら下がった風鈴と瓢箪みたいなのを揺らした。

「さあて、どうだったかな」

波瑠音が丸い大きな瞳を伏せて僕の答案を覗き込んだ。麻子さんが赤ペンで何か書き込んでいる。最後の方に来ると、くくくっと身体を折って笑い出した。波瑠音が答案を引ったくり、読み始めた。終わりの方で大笑いするのを聞いて、僕はにんまりした。

小学校四年の時、クラスで評判の可愛子ちゃんがいた。その子が今までできなかった逆上がりが練習の末、ついにできるようになったと言って、お気に入りの男の子を三人呼んで、披露した。その中に僕も入っていた。逆上がりはひらりとうまくいった。ところが……

「くるんと上がった拍子にプッと出ちゃったなんてねえ」

　波瑠音が愉快そうに言った。

「そう。僕たち、拍手しようとした手を思わず止めて、男三人し～んとして、顔見合わせちゃったんだ。そういう時って笑えないんだよね」

「男の優しさだよねえ」

　麻子さんがしみじみ言った。

「おならと屁の違いはそこなんだよ」

　麻子さんはすっと立ち上がって出て行き、ファイルを持って戻ってきた。

「ほら、ここにこう書いてあるの。屁を放るという事を、古代はならすといいしなり。今世、女のことばに、おならをするというはこれなり。今俗、放屁をおならといえり。おもじは女房詞の敬辞なり」

　僕は首を捻った。

「つまり、屁というのは男言葉で、おならは女言葉ってことだね」

「元々『ならす』に『お』をつけて、おなら。ボナ」

「そういうこと。だからこんな川柳があるんだよ。波瑠音、言ってごらん」

波瑠音は大きな目をくりくりさせて、頭の中の記憶ファイルを探しているようだった。それから、一気に披露した。

「屁を放ったより気の毒はおなら也。尻と顔両方へ出る娘の屁」

「もう一丁！」

麻子さんが威勢よく合いの手を入れる。

「ええと、ええと、屁の論に、ええと、屁の論に、屁の論に……泣くのもさすが女也！」

「よっしゃ！」

麻子さんは嬉しそうだ。

「す、凄い。最後のはどういう意味？」

波瑠音がよどみなく説明した。

「屁の論というのは、屁をした犯人は誰かと言って、お前だろう？　いや、俺じゃない、とかお互い言い合うことよ。だから、この場合、音のない臭いだけのおならと考えられるボナ。そこで、ははあ、もしかしてとおまえさんだなと、疑われた女性は恥ずかしさのあまり泣き出してしまうというわけです、ボナ」

「なるほど、ボナ」

僕は感心した。いや、感動した。逆上がりを披露してプッとやった可愛子ちゃんはやっぱり相当恥ずかしかったと思う。でも、あの時僕と二人の男の子は想定外の現実にすっかり度肝を抜かれ、暗黙の了解というチームワークでその厳然たる事実をなかったことにした。一瞬の沈黙の後、誰からともなく拍手をし、男三人うちそろって彼女の逆上がりの成功を祝した。

「やっぱり僕たち、彼女に対してすごく優しかったんだ」

「ああ、さっきの可愛子ちゃんのこと。ほんとだ、ボナ、屁を放ったより気の毒はおなら也！」

波瑠音が微笑んだ。僕は残った羊羹をみな口に押し込み、口中に広がる過剰な甘みを楽しんだ。ぬるくなった緑茶を飲み干すと、不思議な安心感を覚えた。他人の家でこんなに心が解放されてリラックスしているのが信じられなかった。もう何年も前から何回も通ってるんじゃないかと錯覚するほどくつろいでいた。その当時の僕にはあり得ないこと、奇跡のようなことだった。

「はい、ちょっとおまけで八十点！」

麻子さんが答案を返してくれた。いくつか誤字が直されていて、答案の下には綺麗な筆跡でこう書かれていた。

「放屁学研究に適性有り」

麻子さん手作りのおからクッキーを食べながら、波瑠音の新しい仕事の話を聞いた。

「また、来てね。ボナ！」と言われて森田家を出た時は夕方になっていた。波瑠音は初対面のころから「ボナ」を連発した。当然、誰でも「ボナって、何？」と聞きたくなる。波瑠音の答えはこうだった。「わからない、ボナ。いつからどうしてそう言うのか自分でもわからないまま言ってるんです。ボナ。これを言わないと落ち着かないんで、ボナ」

それで、バイト先での波瑠音のニックネームは「ボナさん」だった。波瑠音は僕より二つ年上だったが、童顔と天真爛漫な雰囲気のせいでずっと若く見える。僕はビニール袋を提げて蒸し暑い空気が吹きだまっているような路地をゆっくり歩いた。袋の中身はゴーヤだった。大きいのが数本あるのでずしりと重い。軒先にぶら下がっていたのは瓢箪ではなくゴーヤという野菜だった。僕は食べたことがなかった。麻子さんがゴーヤチャンプルーの作り方を教えてくれた。

帰り道でまた迷いながらようやく自分のアパートに帰り着いた。迷わなければ十五分ほどの距離だろう。階段の下の地面に男の子がひとり、うんこスタイルで座っているのが目に入った。何度か見かけたことのある子だが、言葉を交わしたことはない。用もないのに知らない人間に話しかけるつもりはないし、話しかけられるのも御免だ。要らない人間関係はうっとうしいから、子どもでも老人でも女の子でも猫でも避けられるものは避けて通るのが僕のルールだった。ところが、この時はルール破りの事態が起こった。僕の耳に明らかにそれとわかる音が伝わってきた。

「プーウィ」

階段にかけた僕の片足が止まった。

うっかり声をかけてしまった。男の子が僕を見上げて甲高い声で言った。

「何、今の？」

「うん、聞こえた？」

僕はにんまりうなずいた。男の子はやおら自分の股ぐらを覗き込んだ。

「今日のはあんまり臭くないや」

にこりともしないで言ったのがよけいに可笑しかった。僕の笑顔を見て男の子は立ち上がり、階段の手すりをつかんだ。

「お兄ちゃん、この上に住んでるの？」

「そうだよ」

「君は？」

「ここだよ。１０１号室」

「そうなんだ」

よく見ると男の子のティーシャツはよれよれで薄汚れている。浅黒い肌に大きな瞳、長い睫毛はまばたきするたびにぬるい微風を送るかのようだ。

「じゃあな」

僕が手を振ると、彼も手を振った。階段を上っていく間もじっと見つめられているのを感じた。ふと、思い立って階段を下り、少年を見下ろして言った。

「これ、あげるよ」

袋の中からプラスチック製みたいなごつごつした緑色の棒を二本出して男の子に渡した。

「何、これ？」

「ゴーヤっていう野菜だよ。豆腐や肉と一緒に油で炒めて食べるんだ。お母さんに料理してもらいなよ」

男の子は僕をじっと見つめてから、ふっと目をそらした。

「お母さん、いない」

「え！　いない？」

「もう仕事に行っちゃった。うんと遅くまで帰ってこないよ」

「なんだ、そういうことか。じゃあ、明日の朝にでも作ってもらいなよ」

少年は小さく頷いて二本のゴーヤを抱えた。

「ありがと」

少年はくるりと踵を返してドアの向こうに消えた。ドアを開ける時ゴーヤを落としそうになってぎゅっと抱きしめるように抱えこむのが見えた。


高校二年の時初めて精神科に行った。その建物が精神科であることは知っていたけれど、外見に騙されてうっかり入ってしまったと言う方が正しい。精神的に追いつめられていたわけでもないし、親や先生から精神科に行った方がいいとアドバイスされたわけでもない。どう見ても喫茶店にしか見えない精神科にある日ふらりと寄ってしまった。出窓には色とりどりの鉢花が並び、上部が円形の白い扉には「メンタルクリニック　心の止まり木」と書かれた緑色の縁の看板がかかっていた。ノブには束ねられた小さな鈴がいくつもついていて、パステルピンクの制服の受付女性は可愛かった。待合室には大きなテーブルと座り心地の良さそうなソファーと本棚があり、耳に心地よい音楽が流れていた。

名前を呼ばれて診察室に入っていくと、五十歳ぐらいの男の医師が挨拶した。促されて話をしようとしたけれど、言葉がうまく出てこなかった。自分でも何のために来たのかわからなくて、逃げ帰りたい衝動に駆られた。医師は僕がさっき問診票に書いた症状を見てゆっくり口を開いた。

「時々、すべてが芝居に思えるというのは、どういうことですか。もう少し具体的に話すことができますか」

僕は口ごもった。本当に言葉が見つからなかった。御免なさいと言って帰ろうかと思った時、医師が聞いた。

「今も芝居をしているように思われますか。あなたと私で二人芝居を？」

僕は頷いた。

「はい。いつもってわけじゃないんですけど、僕は下手くそな役者みたいで、何か台詞を言わなければならなくて困っています。現実感がないと言うか……」

「ははあ」

医師は感慨深そうに頷いた。それから、こう言った。

「ちょっとお臍をみせてくれませんか」

僕がびっくりしていると、医師は自分の臍の位置を指で差して「お臍です、君の」と言った。僕はズボンの中から上衣を引っ張り出してズボンを下げ、臍を見せた。

「すみませんが、そのままちょっと立ってみてください」

医師は僕の臍に顔を近づけて観察した。それから、「もういいですよ」と言い、紙に何か書き込んだ。

「あなたの病名は半臍《はんべそ》性半現実劇中症候群です」

　僕は医師の差し出した紙をつらつら見た。

「あなたの臍は半分欠損しています。つまり、ハンベソです」

　反射的に自分の臍を見ようと思いきり身をかがめたが、本当に臍が半分欠けているのかどうかよくわからなかった。

「半臍性半現実劇中症候群の人は臍の半分を未生の世界に、つまり、生まれる前の世界にですね、置いてきてしまったんです。その分へその緒が細いので、栄養状態が悪く赤ん坊の時はあまり元気がなかったんじゃないかと思われますが」

　そう言われて、母親から「おまえは母乳の飲みが悪くて、体重も標準以下だったし、いったん泣きだしたら泣きやまないし、随分苦労したよ」と聞かされたことを思い出した。

　僕が頷いてそう言うと医師は続けた。

「あなたはタイプBの人間ですね。半臍性半現実劇中症候群はタイプBの思春期の男性に多いんです。食欲不振とか不眠とか他に困った症状がありますか」

「それはないです」

「それは結構。では、薬は使わない方がいいでしょう」

「あの、タイプBというのは?」

「ああ、そうですね。タイプAの方から説明した方がいいでしょう」

医師はずり落ちてきた眼鏡を押し上げ、分厚いレンズの奥の目を細めた。

「タイプAというのは当たり前のように現実にフィットできるタイプの人です。余計なことは考えず、仕事や家事や育児やいろんなつきあいやらに意欲的に取り組み、それなりに利益や幸せを得ることができる社会的で健全な人たちです。何も悩まないということではなくて、悩み方も健全で中庸をわきまえている、世の中そういう人たちのおかげで回っていますから、それはそれで素晴らしいことだと私は思いますよ。だけど、そうはいかない人たちがいつの世も一定の割合でいるんですね。タイプBです。この人たちにとっては当たり前とは思えないことがタイプAの人より多いんですね。自分とは何かとか、意識とは何かとか、世界とは、時間とはなどと、あまり現実的ではない問題がいつも頭の隅っこに引っかかっていて、何たらかんたら考え続ける。考えずにはいられない。それで、気持ちが沈んだり、現実の問題にてきぱきと対応できなかったりして、よけいに落ち込む。そんな具合に生きているのがタイプBです。どうでしょう、わかりますか」

僕は大きく頷いた。

「はい、僕はやっぱりタイプBです。中学のころから、自分が二つに分裂していて、いつも一人がもう一人を見ています。壁の穴から下手な芝居を覗き見してるような、変な気分です。僕の親は二人ともタイプAで僕の煮え切らない態度にいらいらして、父親からはよく怒鳴られます」

「そうですか。タイプAにもタイプBにもそれぞれ程度の差があって、まったく純粋なタイプAもまったく純粋なタイプBもいないと思うんですが、場合によってはお互いに理解不能ということもあり得ますね」

「はい、僕とうちの両親はそうです。一緒にいるとなんだか消耗します。だから、早く家を出たいと思っていました」

医師は微笑んだ。

「いいですか。これはどちらが優れているとか劣っているとかいう問題ではありません。タイプBならBなりの人生を送ればいいだけの話です。まあ、現実的でない分、生きにくいかもしれませんが、年を重ねて行くうちに、それがある種の強みになることもありますよ。大丈夫。胸を張って堂々と生きなさい」

僕の頭の中の一度も使ったことがない部分にビビッと電気が流れた気がした。そういう種類の言葉を聞いたのは初めてだった。周囲の人は親も先生も親戚の人もこういう種類のことは言わなかった。締め切った部屋に新鮮な風が吹いたような……感極まって黙っていると医師が尋ねた。

「これも芝居臭いですか」

　僕は大きく何度も首を振った。

「いいえ、そんなことはないです」

　僕は半臍性半現実劇中症候群と書かれた紙を大切に持ってそのクリニックを出た。

　三か月後、半臍性半現実劇中症候群が悪化してもう一度訪ねた時にはあの医師はいなかった。名前を覚えていなかったけれど、受付の中年の女性に聞くとカルテを調べて、「ああ、滝沢先生ですね。先生はもうお辞めになりました」と言った。僕はがっかりした。代わりの医師は滝沢先生のようには語らず、精神安定剤を二種類出しただけだった。滝沢先生の消息を聞いてみたけれど、個人情報は教えられないと言われた。ピンクの制服の可愛い受付嬢まで一緒にいなくなっていた。


　二回目に波瑠音の家に行ったのは秋も深まった小春日和のころだった。またしても波瑠音はいなかった。急に仕事が入って朝早く出かけたと麻子さんが言った。代わりにもう一人客がいた。赤い毛糸の帽子を被った老人だった。

「こちら、小宮山さん、あたしの大事なお友達よ。こみちゃんってお呼びしてますの」

こみちゃんは「おう！　お呼びされてるこみちゃんだよ」と言って片手を上げた。白髪まじりの無精髭に重く垂れた一重まぶた。どことなく凄味のある人だ。

「怖そうだけど大丈夫だよ。いきなり噛みついたりはしないから」

「おい、おい。人を野良犬みたいに言うなよ」

　こみちゃんが口をひん曲げて笑い、手酌で一升瓶をコップに傾けた。

「こちら、波瑠音の友だちで、工藤君、工藤なんだっけ？」

「浩貴《ひろき》です。工藤浩貴。あの、は、初めまして」

「なんだい、兄ちゃん、下手な芝居やってんじゃねえんだから、そんなに緊張することたあねえよ」

　いきなり短刀でグサッと来た。どぎまぎしていると、第二発が来た。

「有名私立大の学生だってな。いい御身分だよなあ、親に金出してもらって勉強するなんざよ、遊んでたってかまやしねんだろ？」

「ええ、まあ」

「ええ、まあ、と来やがったな。この野郎！　じゃあ、聞くがな、工藤君だったな、工藤君、大学出て何になるつもりでえ？」

「え！　ええと、それは、まだはっきりとは……まだ二年生だし」

「何だと！　二年生だから何だってんだ？　大学出させてもらってから、自分でおまんま喰ってく方法もわかんねえってか？　あきれたね」

　僕は下を向いたままぐうの音も出なかった。

「まあ、まあ。こみちゃん、もうそのへんで勘弁しておやりよ。今の若い人はさ、将来何になりたいなんてはっきり決まってる人の方が少ないんだよ」

　こみちゃんはコップ酒を煽り、空になったコップを僕に差し出した。

「まあ、おめえも飲め！」

　ビールは時々飲むけれど、日本酒は苦手だった。

「あれ、工藤君は二十歳になってるよね？」

　麻子さんが横から口を出したが、その手にはしっかり空のコップが握られている。

「はい、先月二十一になったとこです」

「へ、そんなの関係ねえや。俺の前に座った奴は、犬でも猫でも一杯飲まされるんだ」

　麻子さんが持ってきてくれたコップにこみちゃんがなみなみと酒を注いだ。

「あたしも混ぜてくださいな」

　麻子さんが枝豆やらピーナツやらつまみを持ってきて、三人で乾杯した。麻子さんが一気に飲み干すのを見て僕は目を見張った。

「波瑠音がね、バイト先で工藤君のこと気に入ったみたいでさ、連れてきたのよ。それで、例の試験を受けてもらってね」

「あはは、そうかい。波瑠音ちゃんが気に入った男かい。あの子はこういう軟弱なのが好きなのかね」

「こみちゃんたら、いくら何でも失礼だよ。も少し歯に衣着せなよ。御免ね、工藤君、こういう口の悪い人はさ、腹は悪くないんだよ」

「はあ。あの、少し慣れてきたんで」

「ブォー」

こみちゃんが笑った拍子に、象の雄叫びみたいな高らかな音が響いた。

「おお、今のは会心の鳴り。心ばかりの歓迎の一発だあな。俺の屁にも慣れてくれよな」

僕は苦笑した。体中を巡り始めたアルコールにも助けられて少しずつ心がほぐれてきた。

「波瑠音はまだ変なことしゃべり出したりするかい？」

こみちゃんがピーナツをボリボリ齧りながら聞いた。

「つい二、三日前にあったよ。テレビを見ていたと思ったら、急にぐったりしてのけぞって、わけのわかんない言葉をしゃべってた。あわてて録音したよ。聞いてみる？」

「一回聞いたからいいよ。聞いたってわかんねえしな」

僕は身を乗り出した。

「僕、聞いてみたいんですけど」

麻子さんが銀色のミニコンポを持ってきた。くぐもった音声は確かに波瑠音の声のようだが、しゃべっている言葉は何語なのか、あるいは意味のない出鱈目な音声にすぎないのか全く見当がつかなかった。その時僕の耳を捕らえた響きがあった。「ボナ」だ。

「ボナ、今、ボナと言いましたね。ボナは波瑠音さんの口癖です」

僕がそう言うと麻子さんが応じた。

「そうなの、それだけはわかるんだけど、その意味はあたしもしゃべっている本人もてんでわかんないってわけ」

「工藤ちゃん、大学でだれかわかる先生いねえか」

「工藤ちゃん」と言われて落ち着かない気持ちになったけど、そんな風に呼ばれるのも悪くないかと思った。今まで誰にもそんな風には呼ばれたことはない。

「今度語学の先生に聞いてみましょうか」

「あら、それいいわね」

麻子さんも喜んだ。黒いとっくりセーターにぴったりしたジーンズを履いた麻子さんは後ろから見ると女子学生みたいだった。

「んでも、随分落ち着いてきたな、波瑠音ちゃんも」

「ほんとだね。こみちゃんにはほんと世話になったよ。夜中に叫びながら失踪したことが何度もあった。そのたんびに探し回ったり警察に届けたり、あたしひとりじゃ参っちまうところだった。ちょうどあの人が亡くなった後でさ、それだけでもしんどかったのに。もう十年経つんだね、早いもんだ」

「まったくな。亮司《りょうじ》さんがあんなにあっけなく逝っちまうなんてなあ。あのころの麻ちゃんは今よりずっと老けてたもんな。俺ははじめ六十ぐらいの婆さんだと思ってたよ。それが今は目の錯覚か四十前に見える時もあるから、摩訶不思議だあな」

　二人は声を合わせて笑った。それから、二人同時に思い出したように僕に視線を投げて、互いにうなずき合った。麻子さんが僕のコップに酒を注ぎ足しながら言った。

「あのね、実はね」

　波瑠音について驚くべき情報を得たけれど、その日はとうとう彼女には会えずじまいだった。なんでも農業の研修で長野県のどこかへ出かけたという話だった。波瑠音は本格的に農業をやりたいらしい。波瑠音の家から帰ってくると、アパートの階段の下にまたあの少年がいた。僕の姿を見つけるなり待っていたように自分の方から近づいてきた。

「あのキュウリのお化けみたいなの、苦かった」

「ああ、ゴーヤのことか。そうだよ、あれは苦い野菜なんだ」

「まずかった！」

少年は口に合わないものを喰わされて怒っているみたいだった。

「そうか。悪かったね」

むっとして階段を上ろうとした時、少年が僕の腕を引っ張った。目を三角にして睨みつけている。

「何？　まだ何か用？」

少年は当然の要求のように口を開いた。

「もっと美味いもの、くれよ。悪かったって思ってるんでしょ？」

僕は耳を疑った。同時にがさがさした頬と痩せた手首、所々しみのついた薄汚れたトレーナーが目についた。

「君、何歳？」

少年は拗ねたような目を空中に泳がせた。

「答えたら何かくれるの？」

ぼくは小さな痩せた少年の意外な存在感に圧倒されつつあった。

「いいよ、あげるよ」

「十歳」

少年は「ほれ」と投げ出すように答えた。

「で、何が欲しいの？」と聞くと「肉」と答えた。呆れた。だが、約束した以上破るわけにもいかない。冷蔵庫にこの前買った豚肉がそのまま残っているのを思い出した。少年を待たせて冷蔵庫を確かめるとちゃんとあった。半額セールで買ったバラ肉だった。それを出して少年に渡した。

「なんだ、牛肉じゃないのかあ。すきやき食べたかったのに」

「何だよ！　おまえ」

思わず少年の頭をこづいてやろうと手を伸ばした時、「グルグルグー」と音がした。

「おならじゃないよ」

少年はにこりともせずに言うと、「サンキュー」と言って走り去った。一応お礼は言われたものの、どろりと嫌な感じが残った。今度は何が何でも知らんぷりするしかない。質の悪そうなガキだ。

深夜になって布団に入ったが、麻子さんとこみちゃんから聞いた話が蘇って寝つけなかった。あんなに明るくて苦労知らずみたいに見える波瑠音が実は施設育ちで五歳の時に森田家の養子になったなんて。実の母親は夫の暴力から逃れるために波瑠音を置いて家出し、父親の暴力の対象はいたいけな乳児に向かった。三歳で保護された時は肋骨が折れていて衰弱が激しくとても助からないと思われたそうだ。麻子さんが言うには、顔は老人みたいにしぼんでしわくちゃで、目は虚ろ、泣きも笑いもしなかったと。それが治療を受けて少しずつ回復していったので、医師からは奇跡の子と言われたそうだ。

波瑠音はどんな虐待を受けたのだろう？　言葉によるいじめか暴力かネグレクトという奴か？　その全部か？　僕の脳内でいたいけな乳幼児が怒鳴られたり蹴飛ばされたり叩かれたりする光景が浮かんだ。火がついたように泣き叫んでいた小さな身体がやがて沈黙の塊と化し、壊れた置物のようにゴロンと転がり、そのまま動かなくなる様子を思い浮かべた。僕の意識は虐待される側から虐待する側に移った。万万が一今の僕に自分の子どもいて、四六時中大声で泣かれたら、僕はその子の胴体を掴んで思いきり壁に投げつけるかもしれない。バシッ！　小気味よい音がするだろう。きっと清々するだろう。なぜなら、自分の赤ん坊は自分の悪い遺伝子を引き継いだ自分の一部だからだ。自分の頭を壁にぶつけてぶちのめすよりずっと手っ取り早いし痛くない。自分を罰する代わりに罰を受けうる存在がすぐそばにいるとはなんて都合がいいことだろう。僕は波瑠音より波瑠音の父親の方に感情移入した。その男はどんな地獄を抱えていたのだろう？

それと、おならの話だ。波瑠音は麻子さんに引き取られた当初は表情も硬く声さえほとんど発しなかったそうだ。ある時、麻子さんがぎゅっと抱きしめて「はい」なら「はい」と言いなさいと言ったら、下の方から「プー」と言ったそうだ。

「波瑠音ったら口で返事をする代わりにお尻で返事したんだよ。びっくりするやら可笑しいやら。あたしゃ、波瑠音をぎゅううっと抱きしめて素敵な返事をしてくれたね。偉い、偉いって褒めたんだよ。でも、それがいけなかったのかねえ。波瑠音は返事の代わりにおならをするようになっちまってさ、だいぶ言葉をしゃべるようになってからも、おならが止まらないのさ。学校じゃあいじめられるし、本人も辛いしでねえ」

「随分方々の病院に行ったって亮司さんが言ってたなあ。結局、腸には何の異状もなかったってな。さあ、それからがおもしれえんだ。麻ちゃんと亮司さんの面目躍如ってやつさ」

　こみちゃんが口を挟んだところへ波瑠音から電話がかかってきて、麻子さんは慌てて病院へ向かった。波瑠音が研修中に怪我をしたらしかった。

　僕はいろんなことが頭をめぐってなかなか寝つけなかった。ようやくとろとろしたと思ったら、朝だった。日本酒を飲んだせいか頭が痛い。起きあがれない。夢の余韻に引っ張られてよけいに頭が重い。あの肉を持っていった少年が刃物を持って追いかけて来る。少年が真っ赤な顔をして泣き叫ぶ。「牛肉、牛肉！」あんなに顔が赤いのは血が流れているのかと逃げながら考えている。ようやく起きあがってトイレで放尿しながらやっぱりあいつとはもう関わらない方がいいと思った。

腹が減って大盛りのカップラーメンを食べたら強烈な眠気が襲ってきた。ひとたまりもなくこたつに潜って眠ってしまった。午後二時半、インスタント珈琲を飲んで大学に向かった。ドイツ語は先週も休んだから、出ておいた方がいい。ついでに意味不明の「ボナ」について聞いてみようと思った。授業で訳を当てられたが、予習ゼロで答えられなかった。それでも、授業が終わってから質問に行った。まだ三十代とおぼしき若い講師は首を捻った。少なくともドイツ語にはそういう単語はない。「ボン」なら手形とか為替の意味だけどと言った。彼は少し充血した一重の目で僕を見て「今度調べてきてあげますよ」と言ってくれた。

バイトに行く途中同じクラスの剣持《けんもち》雄平に会った。剣持は僕が唯一親しくしている男だった。話をしたきっかけは僕が学食で彼の財布を拾ったことだった。財布には運転免許証が入っていて、それは当然写真付きだった。一目見てピンと来た。写真の顔はまん丸で髭が濃く、度派手な金縁眼鏡をかけていて、一度見たら忘れられない類の顔だった。そして、その顔は教室のたいてい僕の斜め前に座っていた。

「いよ！　工藤君、デート？」

剣持は後ろから僕の肩をどついた。

「デートじゃないよ。バイトだよ、バイト」

「そうか。これからデート行くって顔じゃないな」

「眠いだけだよ」

「今度、おまえんとこ行っていい？　とびきりの焼酎が手に入ったんだ」

「いいけど」

「けどって何！　けどって。煮えきらねえ奴だなあ。とことん飲んで、燃え尽きようじゃないの。マイン、フロイント」

　剣持は思いきり背中をどつくと駆けだしていった。あれで二浪していて、僕より二つ年上だった。一応有名私立大の範疇に入るので、一浪は珍しくなかったが、二浪となるとレアかもしれない。二浪して文学部なんか入ってどうするんだろう。彼にはそんなこと歯牙にもかけない剛胆なところがあった。あいつとなら一緒に酒を飲んでもいいかと思った。父親は医学部が無理なら、法学部か経済学部かどちらかしか受験を許さないと息巻いていたが、こっそり文学部と書いて願書を出した。当然後でばれたけれど、後の祭り。せっかく入れた有名私立大を蹴ることはもはやあり得なかった。父親はしばらくねちねちと小言を言っていたけれど、親元を離れてしまえばこっちのもんだ。文学部の哲学科なんか出たって無駄もいいところだ。ただでさえ就職難の御時世に就職なんかできるか！というのが山梨で歯科医院をやっている父の言い分だった。あんまりありふれた言い分なので、耳にたこができて耳穴が塞がってしまい、父の説教は金輪際聞こえないこととなった。歯科医院は妹が歯科医と結婚して継いでもらえばいいじゃないかと言うと、あのバカ娘にまともな結婚ができるかとまた怒った。僕と違って外向的な妹は今アメリカ留学中だ。母親は、「引きこもり系草食息子と跳ね返り系肉食娘が逆だったらよかったのにねえ」としみじみ言った。


波瑠音からメールが来た。今度研修先で習った料理を披露したいから来てくれという内容だった。折り返し怪我のことを聞くと、電話がかかってきた。

「ちょっと骨折しただけ。大丈夫だよ。ボナ」

「骨折ってどこ?」

「足の指。じゃあ、今度の日曜日ちゃんと来てね。ボナ」

「わかった、ボナ」

うっかりそう言ってしまった。また、こみさんがいるだろうと思った。あの人は苦手だった。いつも自宅に僕を誘う波瑠音、親に虐待されて施設で育った波瑠音、麻子さんの養子になった波瑠音、おならで返事をする波瑠音、いつもボナと言う波瑠音、足の指を骨折しても平然としている波瑠音。半年前にアルバイト先で知り合って、たまに食事をしたりお茶を飲んだりし、家にまで遊びに行ったりしているけれど、波瑠音のことはよくわからない。誘うのはいつも彼女で僕は断る理由がないだけで、いや、違う。どっちかと言えば人付き合いは苦手なのに、波瑠音だとついオーケーしてしまう。妙な具合だ。

　朝から冷たい雨が降っていた。近くのスーパーで買い物をしようと出かけた。降りが激しくなったので自転車ではなく歩いていくことにした。階段を下りると、またしてもあの少年がまるで待ち伏せするようにドアのそばにしゃがんでいた。僕は気づかない振りをして通り過ぎた。呼び止められも追いかけられもしなかったことにほっとした。ところが、ビニール袋を二つ提げて帰ってきたところ、彼はまだ同じ所にしゃがんでいた。なんだか顔色が悪くて元気がなさそうだ。でも、声をかけたらまた何か要求されそうで、無視することに決めた。ずんずん階段を上り、上りきったところでちらりと目をやった。少年の身体が崩れ、コンクリートにおでこがついているのが見えた。見たくないものを見てしまった。まったく！　僕はビニール袋を玄関に置くと、ゆっくり階段を下りて行った。

「おい、どうした？」

　抱き起こした少年の身体はやけに熱かった。額に触れて高熱を発しているのを確信した。まったく、やっかいなことに……僕はとんでもなく迷惑に思いながらも少年を１０１号室に運び込んだ。電気をつけると部屋の中の乱雑さに目を見張った。衣服があちこちに脱ぎ捨てられ、カップ麺の容器やペットボトルが幾つも転がり、電気炬燵のテーブルの上もゴミで一杯、他にめぼしい家具と言ったら箪笥と鏡台くらいで、台所のシンクには汚れた食器が山積みで、生ごみがあふれている。この寒いのに部屋には暖房さえ入っていない。小さな石油ストーブを部屋の隅に発見したが、灯油が入っていない。僕は炬燵の電気を入れて、少年を中に潜り込ませた。

　ぼんやりと辺りを見回しながら、初めて少年の置かれた境遇に思いをめぐらせた。少年は長い睫毛を伏せて、時々唸り声をあげ始めた。眉間に縦皺がくっきり刻まれている。このままでは死んでしまうかもしれない。僕はケータイを取り出して、一瞬考えてから麻子さんを呼んだ。しかし、応答はなく留守電に切り替わった。メッセージは入れなかった。やっぱり、救急車を呼ぶべきじゃないかと思った。その時、少年が口を動かした。

「ママ、どこ？　ママ、ママ……」

　男の子は大きく目を見開いたが、その目は何も見ていないように思われた。また目を閉じると眉間の縦皺が一層深くなった。僕は慌てて救急車を呼んだ。到着までそばにつきそってやるしかなかった。肉を要求した時のあの鋭い目は固く閉じられて、苦しそうに唸っている。思いついて、テーブルの上にあった雑巾みたいな布を水道水で濡らし、少年の額に乗せた。

　救急車が到着するまで十分かそこらだったと思うが、寒さに震えながら待っていると、とんでもなく長く感じられた。ふいに玄関に置いたままのスーパーの袋を思い出して、中身を冷蔵庫に詰め、戻ってきたところに救急車が到着した。救急隊員にいろいろ質問されたが、僕が知っていることは多くなかった。結局、一緒に乗っていくはめになった。救急車に乗ったのは初めてだった。サイレンを鳴らし、マイクで呼びかけながら赤信号を突破していくのは気持ちよかった。自分は今そういう役柄の芝居をしているのだという感覚に襲われた。救急隊員も横たわっている少年も役者だ。田舎芝居をそうっと穴から覗いている。そうやって覗いている僕をまた僕が覗いている。そうやって覗いている僕をまたまた僕が覗いている僕を、またまたまた僕が……僕は雨の街路樹を眺めながらぶるぶると頭を振った。

「人助けですね」

中年の救急隊員が感心したように声をかけた。芝居はじきに終わるはずだった。

翌々日の朝、芝居は悪夢に変わった。起きた時から寒気がして猛烈に喉が痛んだ。全身がだるくて食欲もなかった。講義は一時限目からだったけれど、とても行く気になれなかった。布団に潜り込んで寝てしまった。一眠りして目覚めると喉が塞がれたように苦しく、頭は鐘突き堂の鐘になったみたいにゴンゴンと痛み響いた。恐ろしく発熱しているのがわかった。体温計はないから測れないがかなりの高熱だ。また、救急車に乗るのかと思ったら憂鬱だった。下手な芝居を役柄を代えてまたやるとは。今度は寝かされて運ばれる役だ。何もかも面倒くさくなった。このまま死ねたらそれでもいいかと思った。またうとうとしたかと思うと、息が苦しくて目が覚める。すうっと意識を失い、また目覚める。その繰り返し。あたりはもう真っ暗だ。意識の片隅にあの少年の長い睫毛が見える。僕から豚肉を取っていった細い手首が見える。暑くてびっしょり汗をかいたかと思うと思い出したように悪寒がする。喉が塞がれたように息苦しい。

どのくらい時間が経ったのだろう。目を開けると暗がりに何か白いものが蠢いているのが見えた。それがにょろにょろと身をくねらせてやってきた。それは真っ白なヘビだった。布団の中に侵入してくる気配に逃げようとしたが、どうにも身体が動かない。白ヘビはするすると僕の布団の中に入り込み、ぴたりと添い寝した。僕は炎暑の夏にクーラーの効いたレストランに入ったような気持ちになった。しっとりした冷たい膚が僕の火照った身体に絡みついて冷やしてくれる。いつの間にか衣服を身につけていないことに気づいた。白ヘビは僕の胸に張りつくように身をくねらせた。思わず白ヘビを抱くように腕を絡ませた。その時だった。

「プー」

世にも平和で呑気な音が耳に響いた。布団の中に放出された音の本体が匂いを伴って僕の鼻先にのぼってきた。いい匂い。何ともいい匂いだった。花の香りのようだ。僕は夢中で細長いヘビの身体を抱きしめた。つるりとしたその全身を撫で回し、冷たい鱗に歯を立てた。

僕はヘビの身体にあるはずの深い割れ目を探した。ついにそれを探り当てた時、僕の局部に強力な圧力が生じた。僕は心身に溜まった万感の思いを吐き出すように割れ目の奥に三発発射した。そうして今度こそ全ての力を使い切って、深い眠りの底に落ちていった。

　小舟に乗っている。舟は一人の船頭が操っている。辺りは霧が立ちこめてぼんやりとしか見えない。岸に着くと船頭が紙切れのようなものを渡した。見ると、「診察券　メンタルクリニック　水際」と書いてある。笠をかぶった船頭の口元がにやりと笑ったような気がした。その瞬間、船頭の身体がくねくねと揺れて霧の中に消えた。僕は診察券を持って歩き出した。どうしても「メンタルクリニック　水際」に行かなければならないと思い定めていた。それはすぐ見つかった。見覚えのある喫茶店のようなクリニック。出窓に並べられた色とりどりの鉢植えが僕を迎えた。ドアの取っ手の鈴を鳴らして入っていくと、美人の受付嬢は非番のようで、代わりに分厚い眼鏡をかけた初老の紳士が所在なさそうに雑誌を眺めていた。彼は僕を見て顔を輝かせた。

「やあ、久しぶり。こんなところでまた会うなんてね」

「先生！　滝沢先生ですね。僕、先生にまた会いたかったんです。なのに、先生はいなくなっちゃって」

「いやあ、すまなかった。あそこを引き払って新しくまた始めたんですよ。名前も変えてね。

今度は水際作戦なんでね」

「水際というと？」

「だから。あなたのように間違ってこんなところまで来てしまった人を追い返すんですよ。そのまま間違って向こう側へ行ってしまわないように、しっ、しっ、しっ！ってね」

医師は野良犬を追っ払うような仕草をして朗らかに笑った。

「向こう側に行きたいって言ったら？」

次の瞬間、彼は恐ろしい形相になった。

「そんな甘えたことを言う奴は、素裸にして百叩きだ！」

白目を剥き口が耳まで裂け、こめかみからはだらだらと血が流れた。僕はぞっとして逃げ出した。牙を剥いて医師が追ってくる。恐ろしくて走りに走った。心臓が跳ね上がって口から飛び出しそうになった。それでも、今までの人生で一度もないほど真剣に命を賭けて走り続けた。そのおかげか、ようやく自分の部屋に辿り着いた。水道水をごくごく飲んでしばらくすると、尿意を催した。慣れ親しんだトイレのドアを開けてズボンのチャックを下ろした僕は今度こそ卒倒して死ぬかと思った。そこには先客がいて、便器に座って目を閉じていた。その男の顔を見てももう一度死ぬかと思った。そいつはこの僕にそっくりというか、僕自身だった。今着ているのと同じ濃紺のトレーナーに黒いトレパンを身につけて、気持ちよさそうに眠っている。こいつが僕なら、この僕は誰だ？　僕はムンクの叫びになった。そして、便器の男に掴みかかった。

正気に戻ったのは病院のベッドだった。いつ病院に運び込まれたのかまったく記憶がなかった。結局、三日ほどで退院したのだが、いろいろ世話をしてくれたのは麻子さんと波瑠音だった。料理を披露するから来てと言われていた日に僕が現れなかったので、波瑠音が何度も連絡を取ったらしい。応答がないことを心配した麻子さんに言われて、波瑠音が僕の部屋を訪ねてくれた。それを聞いて、白ヘビのことを思い出した。僕は波瑠音に何かしでかしたのではないかと秘かに案じたけれど、それを確かめる気にはなれなかった。波瑠音の以前と変わらない屈託のない様子が、あれはただの夢だったと語っていた。インフルエンザで喉の炎症が酷く、体力が回復してからもしばらく声が出なかった。あの少年のことを思い出した。あれからどうしただろう？　思えばあいつからウイルスをもらったに違いない。

講義も一週間休んだので、ドイツ語の先生からボナの意味も聞きそびれた。もうどうでもよくなった。何となく元気が出ない。何だかみんな面倒くさい。来年になったら今ごろは就活真最中だろう。考えただけで気が重い。今の三年、四年が苦戦していることはそれとなく耳に入ってくる。ボサボサ頭にくたびれたトレーナー、穴の空いたジーパンでその辺をうろついていた奴がリクルートカット、リクルートスーツに身を固め、緊張した面持ちで説明会に出かける。五十社、六十社受けるのは普通で、全部落とされるというのも珍しくない。有名大学でもブランドだけではどうにもならず、未就職のまま卒業せざるを得なかった先輩の話も聞いた。始めから戦意消失、企業で働くことへの確固としたモチベーションのない自分のような者はとうてい望みがあるとは思えない。「グローバルな時代に合致した貴社の柔軟性と将来性に魅力を感じています」などと口が裂けても言えない。学芸会に初めて出された小学生みたいじゃないか。両親にガミガミとなじられ非難される光景も芝居の一場面のように今から目に浮かぶ。僕は卑怯な逃亡者になる。きっと。

　ずっと老荘思想をやってみようと考えていた。来年は中国哲学のゼミを取るつもりだ。政治色の強い老子よりこの世離れした荘子の方に惹かれた。高校の時古典の教科書に出てきた胡蝶の話が忘れられなかった。

　昔、荘周は夢で蝶になった。ひらひらとして胡蝶そのものだった。自然と楽しくなって、気持ちが伸び伸びとした。自分が荘周であることがわからなくなっていた。にわかに目覚めると、なんと自分は荘周であった。荘周が夢で蝶になったのか、蝶が夢で荘周になったのか、わからない。

　普通は蝶になった夢を見たという話で終わるところを、逆から眺めたところが衝撃的だった。もしかしたら自分という存在は蝶の見た夢にすぎないのではないかという発想が新鮮だった。僕はタイプBなのだ。自分が自分であるということにどこかで納得がいかない。もっと言えば、許せない。僕は僕を演じているだけの存在ではないのか。僕は蝶でも白ヘビでもよかったのではないか？　高校時代、わけもなく鬱屈した午後、一編の荘子を訓読文で朗読すると、脳内を風が吹き抜ける感じがした。

ようやくあいつの名前がわかった。須藤アキラと言うのだ。区役所の福祉課の人から聞いた。アキラの母親はタイ人で、日本人の夫は行方不明。母親は夜の仕事をしながらアキラを育てていたらしいが、だんだん生活が荒れてアキラのところに帰らなくなった。たまに帰るとお金を置いていくが、息子の世話をすることはなく、実質的な養育放棄。アキラは食べ物がなくなると、会う人にねだっていたらしい。

「アキラくんはあなたのお陰で病院に運ばれて、境遇がわかってラッキーだったんですよ。児童養護施設に入ることになりました。母親の所在がわからないんですよ。探してはみますけどね」

僕の部屋を訪ねてきた福祉課の中年女性はそう言って肩をすくめた。アキラは病院からそのまま施設に入るということだった。彼女はアキラの私物を段ボール箱一個にまとめて軽々と持ち上げ、車に積んだ。名前がわかった時は別れの時だった、というお話だ。アキラと会うことはもう二度とないだろう。

また波瑠音の家に行ったのは、十二月の雪のちらつきそうな寒い午後だった。アルバイトもやめて授業にも出なくなって二週間近くが経っていた。行ってみれば、波瑠音も麻子さんも出てこない。この展開にはもう驚かないけれど、今日は腹が立った。人をばかにしている。この寒いのに玄関が開けっ放しになっていたから、勝手に上がり込んだ。敷居につまずいてしゃがみ込んで足を押さえていると、頭の上から声がした。

「なんだ、おまえ。そんなところで糞でも催したか」

赤いニット帽のこみさんだった。

「足をぶつけただけですよ」

僕はこみさんを睨みつけた。

「そうか。俺は今便所で糞してきたとこだ」

波瑠音も麻子さんも不在でこみさんがいるとは、最悪だ。帰ろうかと思った。

「おまえ、しけた顔してんな。まあ、こっち来て飲め」

「あの、麻子さんは？」

「今、波瑠音と一緒に買い物に行ってる」

奥の部屋に行くと、灯油のストーブが赤々と燃えていて、薬缶がシュッシュッと湯気を吐いていた。そして、そこにもう一人別の男がいた。男はこみさんより高齢の感じで疲れているのか生気が乏しかった。白髪がもじゃもじゃと伸びて、浅黒い顔には深い皺が刻まれている。僕が軽く会釈すると、だるそうに右手をあげた。テーブルの上にはコップ酒が二つとナッツやチーズ鱈、焼き魚などのつまみが並んでいる。

「おい、挨拶しねえか」

こみさんに促されてカチンときたけれど、ぼそぼそと名乗った。見知らぬ老人は力のない笑みを浮かべた。

「わしは岩村貞雄です。よろしく」

小柄な老人はぺこりと頭を下げた。老人の言葉には東北訛りのようなイントネーションがあった。僕は曖昧な返事を口の中でむにゃむにゃと返し、お辞儀をした。こみさんがじろりとこっちを見た。

「岩さんは筋金入りのホームレスだ。俺も同じよ。昔さんざっぱら世話になった大先輩よ」

「ホームレス……」

僕は呟いた。何と返していいかわからなかった。そう言われると、二人が発しているオーラみたいなものには共通するものがあると感じた。

「親から毎月生活費送ってもらってるお坊ちゃんには関係ねえ世界だろうけどよ」

むっとした。かなり不愉快指数が高くなったが、言葉には出せなかった。

「こみちゃんな、そんな言い方するこたあねべさ。さ、一杯どんだ？」

岩村さんが伏せてあったコップを差し出した。僕の気持ちはぐじゃぐじゃとぬかるんできていた。

「いえ、結構です」

「おい、何だ！　その言いぐさは！　すみませんとか、せっかくですが、とか言えねえのか！　このとんちき！」

こみさんが目を剥いた。

「おまえ、この前はへらへらしながらけっこう飲んだじゃねえか！」

僕はこみさんの威圧的な態度が我慢できなくなった。

「おまえ、おまえって、失礼じゃないですか！　なんでホームレスからおまえって呼ばれなきゃいけないんですか」

「ほう、ようやっと、早稲田の坊やが本性出してきたな。おもしれえ」

僕の身体が勝手に立ち上がっていた。

「もう帰ります！」

「おい、逃げるのか。ちょっと何とか言われただけで。あはは！　逃げるがいいさ。弱虫小虫！　逃げ帰って母ちゃんのおっぱいでも飲んでな」

瞬間、身体の中の血がたぎって一気に頭に上っていった。気がつくと、こみさんの胸ぐらを掴んで拳を繰り出していた。僕の拳はこみさんの右頬を捕らえた。

「いいよ、兄ちゃん、そう来なくっちゃ！」

こみさんがにたりと笑った。

「いいか、よく聞いとけ。年寄りをなめんなよ。そこらへんを歩いてる爺さんも婆さんもな、みんな地獄の一つや二つは抱えてんだ！」

こみさんは僕の胸ぐらをつかむと顎に一発食らわせた。僕の身体は吹っ飛んだ。起きあがっていくところをいとも簡単に足をかけて倒した。僕の中の長らく使われていないスイッチがオンになった。僕は何度も正面からぶつかっていった。僕よりずっと小さなこみさんの身体はふわふわと風に舞うように、おちょくるように僕の攻撃をかわす。倒された拍子にこみさんの脚にしがみつき、倒そうとしたが無駄だった。向こうから殴り返しては来ない。何回もするりするりとかわされるうち、僕の血管のどこかがぶちっと音を立てて切れた。僕はとんでもない奇声を発して、こみさんに飛びかかり、無我夢中でその腕を捕まえて、思いきり噛みついた。

「イテテ、テエ！」

僕は齧りついて離さなかった。

「わかった、わかった」

「ウォー！　こんちくしょう！　こんちくしょう！」

ひざまづいて畳を強打する。

「わかったってばよ。お前は弱虫小虫なんかじゃねえさ！」

それを聞いたとたん、号泣が僕をかっさらった。違う、違う！　違う！　僕は弱虫小虫そのものだ！　熱を出したぐらいで何もかも嫌になって放り出してしまう根性なしだ。そんなの、言われなくてもわかってる。わかってる。なお、しゃくり上げていると、麻子さんの声が聞こえた。

「工藤君、よかったら一緒にすき焼き食べよう。とびきりいい肉をいっぱい買ってきたよ。波瑠音が楽しみにしてたんだよ。工藤君が来てくれるってさ」

僕の心は瞬時に結氷した。こんな醜態をずっと見られていたのか。僕は無言で玄関から飛び出した。

「待って！」

波瑠音の声がしたけれど、振り向かなかった。一目散に走った。途中で自転車とぶつかりそうになって怒鳴られた。今、目の前で世界が滅びればいいと思った。今、向こうから悪魔が歩いてきて、「世界を破滅させるために、今お前を殺す」と言われたら躊躇なく即、殺されてやる。みんな破滅してしまえばいい。部屋に帰り着いて日本酒をあおった。冷たい液体が喉を下り、胃の腑に落ちた。待てよ、悪魔だって人を選ぶさ。世界の破滅にふさわしいもっと立派な男を選ぶだろう。おまえなんか、目じゃない。そう思うと身の置き所がない気がした。冷や酒を三杯あおったところで、炬燵に潜り込んだ。重苦しい眠りがやって来て、僕を捕らえた。目を覚ますと部屋の中に闇がいた。闇は白っぽいものを連れていた。

「雪が降ってる、ボナ」

僕は仰天して目を剥いた。

「は、波瑠音？」

「はい、波瑠音だ、ボナ」

「い、いつからいたの？」

「五分ぐらい前。眠ってたから起こしちゃ悪いと思って」

「なんで、わざわざ」

「工藤君、鞄置いて行っちゃったから」

「ああ……」

鞄のことなどまるで念頭になかった。なくしたら面倒なものがいろいろ入っていたのに。

「ありがとう」

「うん。寒い、ボナ」

　波瑠音は白いダウンコートを着たまま、炬燵に入ってきた。正方形の小さな炬燵の中で僕の脚と波瑠音の脚が重なった。僕は慌てて炬燵から出て、照明とガスストーブをつけた。波瑠音が寝そべったまま目をぱっちり開けて僕を見た。僕は慌てて目をそらし、カーテンを閉めながら外を見た。なるほど、木々や家々の屋根がうっすらと雪化粧している。

「珈琲、飲みたい、ボナ」

　僕はお湯を沸かしにかかった。冷や酒を流し込んだせいか気持ちが悪い。腹も減っていた。起きあがった波瑠音がオレンジ色のトートバッグから何か取り出した。留め金の付いた大きなタッパーだった。

「すき焼き、お母さんが持って行きなさいって」

　礼を言いながら、気まずい思いが突き上げてきた。波瑠音は台所に立って、一個しかないホーロー鍋にすき焼きを移して温めにかかった。薬缶の湯が沸く頃には、すき焼きの甘じょっぱい匂いが辺りに立ちこめた。冷蔵庫を見ると、卵が二つ仲良く並んでいた。僕は取り皿を二つと箸二膳をそろえ、ぐつぐつ煮えた野菜と牛肉の鍋をテーブルの上に置いた。

「あたしは食べてきたから。それ、工藤君の分だよ」

波瑠音はインスタント珈琲の瓶を見つけると自分で珈琲を入れ始めた。僕は缶ビールをあけて、すき焼きを頬張った。こってりと旨味が利いて美味い。御飯も欲しかったが、生憎なかった。波瑠音は珈琲をすすりながら、僕の食べっぷりを黙って見ている。

「わざわざ持ってきてくれるなんて、思わなかった」

決まり悪そうに言うと、波瑠音は笑った。

「そのすき焼きの中にこみちゃんの唾が入ってたんだよ、ボナ」

「え？」

波瑠音が面白そうにけたけた笑い出した。

「また、悪い冗談言うなよ。けたくそ悪い」

こみさんの憎らしそうな一重の目を思い出したとたん、吐き気がした。

「どうして、そんな人の嫌がること言うんだ！」

今度は波瑠音に対して腹が立った。

「何だよ！　ボナまで俺をバカにしに来たのか！　どうせ俺はどうしようもないダメ男だよ。悪いか！」

僕は空になったビール缶を投げた。波瑠音の顔から笑みが消えて、幼児が道に迷って困ったような目つきになった。

「おい、ボナも俺のことバカにしてんだろ？　なんで俺みたいなへたれのとこに来るんだよ！　もう放っといてくれよ。帰れよ！　どうせ、俺なんか」

その時、何かの連打の響きが空中に躍り出た。え？と思っていると、また。

「ブブブブブ、ブブブブブ、ブォー」

「え？　ボ、ボナちゃん、それって、もしかして、おなら？」

「プー」

返事もおならだった。波瑠音はと言うと、恐ろしく真面目な顔をしている。今しも地球が滅ぶ前兆をキャッチしたような緊迫した表情で窓の一点を睨んでいる。と、突然白目を剥き、頭をのけぞらせて倒れた。僕の方も一緒に卒倒しそうだった。膝を折って後ろに倒れたまま、日本語ではない何か意味不明の言葉、英語でもドイツ語でもなさそうな言葉をしゃべり出したからだ。聞き耳を立てると、その中で何度も繰り返される言葉があった。

「ボナ、ウェン、トゥーラ」

僕はとっさにボールペンを取ってその言葉を記録した。波瑠音は他にもわけのわからないことをしゃべりながら、合間におならを連発した。時折声とおならが重なって二重唱になった。誰かの悪夢の中に迷い込んでしまったような気がした。僕の耳に容赦なく波瑠音のおならが響いた。僕は覚悟を決めた。波瑠音がこっちの世界に戻って来るまで、いつまでだってそばにいよう。大丈夫、波瑠音はきっと僕のところに戻って来る。波瑠音の背中を優しくなでながら、でたらめの子守唄をハミングで歌った。

　僕は大学へ向かいながらブツブツと唱えていた。「ボナ、ウェン、トゥーラ、ボナ、ウェン、トゥーラ」あの日からこの意味不明の言葉が脳細胞に張りついて離れない。これを唱えながら歩くと、不思議と足が前に出た。そうして、僕はドイツ語の授業に出て、やっと「ボナ」の意味を聞くことができた。ドイツ語教師の同僚のラテン語教師によると、「ボナ」はラテン語bonusの単数・女性の主格か奪格か呼格、または複数・中性の主格か対格のbonaで、「良い、優れた、正しい」という意味だとわかった。ついでに「ボナ、ウェン、トゥーラ」も知りたいというと、自分で聞くようにと言って、そのラテン語教師の名前と研究室を教えてくれた。僕はさっそく「ボナ、ウェン、トゥーラ」と唱えながら、その研究室を訪ねた。

　長身にモスグリーンのスーツを着こなした教師は嬉しそうに即答した。

「ああ、ボナウェントゥーラ！　十三世紀イタリアの神学者ですね。フランチェスコ修道会の総長もした人で、『イティネラーリウム　メンティス』という著書があります」

「え？　何ですか」

「イティネラーリウム　メンティス、魂の神への道程という意味です」

「そ、そうですか」

僕はためらった。波瑠音という二十三歳の女の子が白目を剥いて卒倒しておならをしながら何度も「ボナウェントゥーラ」と言ったんですけど、などと言ったら、頭がおかしいと思われるのがオチだろう。

「でも、驚きましたね。ボナウェントゥーラなんてどこで知ったんです？　あなたはカトリックの信者ですか」

そこで、意を決して、おならはなかったことにして、波瑠音のことを話してみた。四十代ぐらいに見える教師は僕を頭のおかしい学生とも思わなかったようで、笑い飛ばしもせず、逆に興味津々という顔をした。

「それはおもしろい。その女性は前世でボナウェントゥーラと何らかの関わりがあったのかもしれませんよ。ほら、よくそんな話があるじゃないですか。その人が習ってない言葉を突然しゃべり出すとか。調べてみたらその人の前世はその土地に住んでいる某《なにがし》だったとか。まあ、半信半疑ですが、興味はありますね。一度その女性が卒倒してしゃべる言葉を聞いてみたいなあ」

真面目な顔でそう言った。僕が今度機会があったら録音して持ってきますと言うと、とても喜んだ。

「ちなみに、ボナウェントゥーラの意味を知りたくありませんか」

「はい、ぜひ」

教師はメモ用紙にラテン語の単語を書いた。

「これはですね、『良い』という意味のbonusに『来る』と言う意味のvenioの未来分詞形がくっついた形で、全体の意味は『良きことが来ようとしているところの』という意味です。どうです？　いい言葉でしょう」

「はあ、良きことが来ようとしている……ですか、そうですね」

僕は心から礼を言ってラテン語の先生の部屋を出た。とても満ち足りた気持ちだった。こんな気持ちは何十年かぶりのような気がした。


「ボナウェントゥーラ、良きことが来ようとしている、ボナウェントゥーラ……」

僕はこの言葉を念仏のように唱えるようになった。すると、不思議なことが起こった。ボナウェントゥーラ、ブ！　ボナウェントゥーラ、プー。明らかに放屁の頻度が上がったのだ。歩きながら尻から伴奏みたいに音が鳴る。授業中にうっかり「ボナ」と言いかけて「プ」と出てしまう。大きな音ではなかったから気づかれなかったものの、臭いが漂ったかもしれない。これはまずいと思って、ボナウェントゥーラを封印しようとしたが、時すでに遅し。もうすっかり脳細胞に刷り込まれてしまって、口に出さなくても脳裏に浮かぶので、その拍子に尻から妙音が鳴る。もしかしたら、十三世紀のイタリアの神学者ボナウェントゥーラは修道院で放屁三昧だったのではないか。波瑠音の前世がこの神学者だったのかは知らないけれど、おならの呪いがかかってそれが僕にまで及んだとしたら、ミステリーだ。そして、そのおならが実は強力な毒ガスで政府の要人なんかを次々殺せるとなると、もう本格ミステリーだ。と、しょうもないことを考えながら歩いているうちに波瑠音の家に着いた。松をあしらった正月飾りがまだ玄関の引き戸に飾ってある。僕は正月も実家に帰らず、アルバイトをしていた。

たぶん波瑠音はいない。麻子さんもいなくて、またしてもこみさんが手ぐすね引いて待っているに違いない。果たして予想したとおりだった。違ったのはこみさんが楽器を演奏していたことだった。波瑠音の家に近づいた頃からどこかから笛の音が聞こえていたが、こみさんだとは思わなかった。彼は僕が入っていっても気づかない様子で竹の笛を吹いていた。目を閉じて正座したこみさんはいつになく神妙に見えた。笛はひとしきり独特の音色を朗々と響かせた後、沈黙した。聞き入っていた僕は思わず拍手した。

「よう、おまえさんか」

今日は「おまえ」に「さん」が付いた。格別の計らいだ。

「尺八ですね。いい音色で聞き惚れました」

「そうかい。弔いに吹いたんだ」

「弔い？」

「岩さんが亡くなった。わしの師匠の岩村貞雄がな」

岩村さんのことはよく覚えていた。この前来た時ここにいっしょにいた顔色の優れない老人だ。病気を抱えていそうだと思っていたが、やっぱり。

「この前は岩村さんに失礼な口を利いてしまって、謝りたかったのに」

僕は居住まいを正して「申しわけありませんでした」と言った。こみさんは笑った。

「なあに、あの人は何とも思っちゃいねえさ。そりゃあ、大した苦労人で、とびきり心の広い人だったからな」

それから思い直したように聞いた。

「どうだ？　兄ちゃん、一杯やるか」

しかし、テーブルの上には何もなかった。僕は手みやげの菓子折りを出した。そこへ麻子さんと波瑠音が帰ってきた。ところが、部屋に入って来たのは三人だった。三人目の人間を見て目を疑った。

「あ！　アパートの兄ちゃん」

少年が睫毛の長いぱっちりした目を見開いて叫んだ。アキラだった。救急車で病院へ送り込んで以来もう会うこともないだろうと思った少年だった。

にぎやかに食事が始まった。麻子さんが施設からアキラを引き取ったことを聞いてまた驚いた。麻子さんは御主人の亮司さんとの約束でもう一人養子を迎えることにしていたそうだ。そろそろもう一人と話し合っていたところに、亮司さんは事故で急逝した。亮司さんは建設現場の監督をしていて、突然の強風で倒れてきたフェンスの下敷きになったそうだ。仕事がら多額の保険金をかけていた。それから十年が経ち、波瑠音は二十三歳になった。ようやく手が離れてそろそろ夫との約束を果たそうと思っていた時に、アキラと出会った。

「どうしてかって？」

僕の疑問に先回りするように麻子さんは答えた。

「亮司も子どもの頃施設にいたのさ。で、いつか本当の両親が迎えに来るのを待ってた。自分を捨てた親は本当の親じゃないって物語を勝手に作ってたんだね。それで、七歳の時、養子にしたいって人が現れて、とうとう本当の親が迎えに来たって喜んでね、そのまま自分で作ったお話をずっと信じて大きくなった。亮司という人は端から血縁なんてものにこだわってなかった。もちろん養父母がほんとの親じゃないことはちゃんとわかってたんだけどね。あたしは亮司のそういう大らかなところが大好きだった。そういうふうだからあたしに子どもができないとわかっても、そうかい、じゃあ、養子をもらえばいいじゃないかってさ」

　麻子さんはアキラを見つめた。

「この子がまた面白い子でねえ、アキラ、あんたカラスと話せるんだって？」

　アキラは待ってましたとばかりに黄色い声を放った。

「うん。ゴミ置き場で会ったカラスが、そいつは目の下に傷があってちょっと赤くなってんだよ。それが塀の上に留まってこう言ったんだ。坊主、明日いいことあるぞって。僕、言ったんだ。いいこと？　すきやき食べられるの？って。そしたら、カラスの奴、おまえのいいことはスケールが小さいな。まあ、楽しみにしなよ、とか言って飛んでいっちゃった。今日になって、新しいママとお姉ちゃんが来て一緒に肉屋に行ったんだ。牛肉もいっぱい買って、もうびっくり！」

　アキラは大きな目を一杯に見開いて、長い睫毛をパタパタさせた。僕はピチピチした眩しい小動物を眺めるように目をしばたいた。何だかアキラが羨ましかった。

「それに」と波瑠音が言った。「私たち、屁友だちなんだよね」

「うん、僕、おならとうんちが大好きだよ」

「そうか。坊主。なら、おじさんとも屁友だちだな。今度波瑠音と三人で屁の合奏会やるか。交響曲へ長調、匂い付きって奴な」

みんなの笑い声がわき起こり、その中に妙音が混じった。

「今の、僕だよ」「うんにゃ、わしじゃ」「違う。あたしだよ、絶対あたし！　ボナ」

みんなが否定する場面で我先に自分だと言い張る集団は世にも珍しかった。特に妙齢の女性が一番強く自分だと言い張るなんて。

鍋が用意され、大皿に大盛りの野菜や茸、豆腐などが運ばれてきた。僕もアキラと一緒にコップや箸や皿を運んだ。霜降りの美味そうな牛肉がたっぷり鍋の中に入れられて、ぐつぐつ煮えるのを待つ間、こみさんが口を開いた。

「なあ、麻ちゃん、波瑠音は面白い子に育ったなあ。おならでいじめられてたころ、亮司さんときたら即行動に出て、それを聞いてわしゃ、感心したよ」

麻子さんがけらけら笑った。

「亮司は行動力あったからねえ。おならして何が悪い！　徳川家康に仕えた天海という坊さんは健康のために屁をすべしと教えたんだぞってね。学校へ乗り込んでいって屁の効用だの、屁とおならの違いだの、落語の転失気《てんしき》の話だの、先生と子どもの前で一席ぶって、大晦日には除夜の屁を鳴らそう、元旦には初屁の出、とか言うもんだからもう子どもたちは大喜び！　笑い転げて、その拍子にプーってやっちゃった子もいたんだって。それからというもの、陰湿ないじめはなくなったのよ。小学生は可愛いもんだねって亮司も喜んでた」

「母さんはあたしにこう言った、ボナ。白雪姫の絵本を読んであたしが聞いた。『波瑠音のところにも王子様、来る？』って。そしたら、『来るよ。王子様は波瑠音のところにきっとやって来る。波瑠音のおならを喜んで、ああ、君のおならは薔薇の香りがするねと言ったら、その人が波瑠音の王子様だよ。何しろ、おまえはホウコウゾクの娘だから』って」

「ホウコウゾクって何？」

僕が尋ねると波瑠音はメモ用紙に字を書いた。「ホウコウゾクはこうだよ」と言って。紙には「芳香族」と書いてあった。

「あたしのおならは、薔薇の香りがするの。自分ではわかんないけど。おならの音の響きがいいのは芳香族で、匂いのいいのは芳香族。あたしの場合は両方いいと思うけどね」

波瑠音が僕の方に首を回して言った。

「あたしの王子様は工藤君だ。ボナ」

「おお、そうにちげえねえ」「まあ、やっぱり！」「やっぱり、ボナ」

みんなが手を叩きはやし立てた。

「え！勘弁してよ」

ちょうど鍋が煮えてきていい匂いが食欲をそそり、みんなの口はひとしきり噛むためにだけ使われた。喜びを全身で表したのはアキラだった。アキラは大きな瞳をキラキラさせて、牛肉にかぶりつき、子犬のように炬燵の周りを回り出した。そんなアキラを波瑠音が捕まえて抱き寄せた。

「お行儀良く食べるんだ、ボナ」

「わかった、ボナ」

何だか居心地が悪い。どうしてだろう？　またしてもあの症状が出た。半臍性半現実劇中症候群。僕の意識は身体から抜けて空中に浮き、みんなを見下ろし「バ〜カ」と言って舌を出した。僕は所詮よそ者だ。なんでここにいるんだろう？　くだらない。こんなのくだらない。すき焼きは文句なく美味い。それ以外は、くだらない。まったくもって実に！　僕は日本酒の冷やをぐいぐい飲み出した。

「いよう。兄ちゃん、飲みっぷりいいな」

こみさんが重く垂れた目で睨んだ。

「飲みっぷりはいいけど、心持ちはそうでもなさげだな」

僕の脳内で何かが軽い音を立てて切れた。

「ええ、ええ！　僕は半臍性半現実劇中症候群なんでね！」

「何だ、そりゃ？　はん、はん、て、半人前ってことか？　それならぴったりだ！」

こみさんが鼻の穴を膨らませてゲラゲラ笑った。

「まあ、そんなところです。悪いですか？」

こみさんの口が歪むのが見えた。次の瞬間、いきなり顔に衝撃が走って星が光った。気がついたら部屋の隅まで吹っ飛んでいた。耳の奥でキーンと不快な音がした。僕はふらふらと立ち上がってお辞儀をした。なんでお辞儀なんかしたんだろう？　舞台を去る役者のつもりだったのか？　それから、ダウンを羽織り忘れ物のないように鞄を抱えて靴をつっかけて外に出た。一連の動作をする自分を上から眺めながら。見慣れた道路と家々がひっそりと僕を迎えてくれた。北風が冷たい。夜空には星が見える。さっき見えた星の光よりはずっと暗いけど。歩き出した。僕は僕の道を行くしかない。半人前のしけた道を。小さな花壇と二つのブランコしかない公園にさしかかった時、後ろから走ってくる足音に気づいた。

「工藤君」

その声は波瑠音だった。白い息を吐きながら肩で息をしている。波瑠音は幼稚園児が友だちの手を掴むようにむんずと僕の手を取って、ブランコまで連れて行った。

「工藤君、ここに座るんだ、ボナ」

僕が無視していると僕の腕を掴んで強引に座らせた。それから、座った僕の膝の上に当たり前みたいに自分のお尻を乗せた。その一連の動作があまりに自然だったので、僕は拒む間がなかった。

「早く、漕いで、ボナ」

僕はブランコを後ろに引き地面を足で蹴って漕いだ。波瑠音は幼稚園児その者のごとくきゃっきゃっと歓声を上げた。ギーギーとブランコが軋む。その音を聞いているうちに僕の心の軋みの方はだんだん落ち着いてきた。波瑠音が言う。

「ねえ、工藤君、あたしの恋人になって、ボナ」

「え？　いきなり、何を言うかと思えば……ボナ」

「嫌なの？　ボナ」

「いや、別に。嫌じゃないけど、ボナ」

「あ！　ぶらんこ、止めて！　早くううう！」

波瑠音の声が切羽詰まっていたので、足を踏ん張って緊急停止しようとした。すると、反動で波瑠音の身体がブランコから離れ、つんのめって地面に転んだ。

「波瑠音！」

慌てて駆け寄った僕の耳にその妙音は響き、まもなく、その香りが鼻先をかすめた。僕の口からきわめて自然に流れ出た台詞はこうだった。

「ああ、君のおならは薔薇の香りがするね」

波瑠音は答えた。

「えへへ。やっぱり、王子様は工藤君だった、ボナ」
その時、上から僕たちを眺めていたのは、半臍性半現実劇中症候群の僕ではなく、天空に冴え渡る冬の星たちだった。

参考文献　●佐藤清彦『おなら考』文春文庫　一九九八

袖は片敷く

大槻《おおつき》逸子《いつこ》の朝は、霧の中。霧は渦巻いて白い魔物となる。逃げる気力もなくただ魔物に搦め取られてじっとしている。そのうちようやく脳が働き出す。ここは生まれた家で自分はほんの小さな幼児だとわかる。霧の中から声がやって来る。それを聞いた瞬間、次に起こることをありありと予感する。恐怖のあまり泣き出すと、たちまち予感は現実となる。聞きなれた罵声が飛んできて布団の中から引きずり出され、何度も頭を小突かれ、背中を打ち据えられる。布団の中に逃げ込もうとすると、尻を蹴られる。うずくまって毛布を噛み必死に泣き声を抑える。泣けばもっとやられる。布団の中に潜ってやり過ごす。長い、長い時間が経った気がして頭を出すと、すっかり霧が晴れている。部屋の中には見知らぬ箪笥や椅子や本棚がある。起き上がってしみの浮き出た皺だらけの手の甲を眺める。首に触るとゆるみ切った首の皮が畳めそうなほどだぶついている。幼児どころかとんでもない老婆になっていることにいつも驚く。今度は得も言われぬ不安に胸が塞がる。

　大槻逸子の朝は、長い。目が覚めるたびに、ここはどこで、自分は誰なのか考えなければならない。頭の中にも霧がかかっていて、何か思い出そうとすると、霧の中からたくさんの記憶の欠片が次々と現れて来る。まるで収拾がつかない。それで、考えるのをやめにする。霧の晴れた部屋で取りあえずやるべきことをやる。それは身体が覚えている。まずはラジオをつける。東北地方の今朝五時の最低気温と予想最高気温を知らせている。青森、津軽、下北、三八上北、岩手、沿岸、内陸、秋田。耳を澄ませて今朝の最低気温が氷点下五・九度、予想最高気温が氷点下三度であることを聞き取る。やっと頭が現実世界に参入する。掌を左の頬骨に当てるといつになく冷たい。目の周りも額も小さな金属部品が隈無く敷き詰められたようにきんと冷えている。意志薄弱な芋虫のように少しずつ寝床から這い出して身支度を整える。ようやく起きあがってもすぐには動き出せない。ラジオが何か軽快な音楽を奏でている。ヴァイオリンのようだ。しなやかな音色がらせん状にうねりながら右耳を訪れる。今日の音色にはほんのり水色が入っている。それは、鉛色の雪雲に覆われた空の片隅から束の間覗く清楚な妖精。すると、額の辺りの細胞だか神経だかがむずむずして、じっとしていられない若いバッタみたいにぴょんぴょん跳ねる。それはおよそ一分ほど続いてほどなく収まる。のろのろとパジャマを脱ぎ、下半身にレギンスを二枚、靴下を二枚重ね、その上に厚手のゆったりしたズボンを履く。上半身にも五枚重ね着し、ようよう身支度を終えて巣穴を出る。廊下に設置された介助用手摺りにつかまってトイレに辿り着く。はて、いつからこんな手摺がついていたのかと不審に思う。冷たく尖った空気が顔に刺さる。トイレの壁には両脇に指の形にへこみのついた握りバーがつけてあるのを見てまた驚く。それはかろうじて二足歩行の動物を無事に便座に座らせてくれる。洗面を済ませて居間に無事到着。もう川べりの公園までウォーキングした気分になる。ストーブをつけ、湯を沸かし、お茶を入れる。ゆっくり、ゆっくり。何事もゆっくり。

気象情報によれば、今日も雪模様で時々吹雪になるらしい。居間のラジオからニュースが流れる。雪下ろしをしていた八十四歳の男性が屋根から落ちて病院に運ばれたが、二時間後に死亡した。次第に頭の中の霧が晴れて来る。この辺りとは違って桁違いの降雪のある内陸部では高齢でも雪下ろしをしないわけにはいかない。子や孫の世代は都会に出て行き、雪深い郷里に暮らすのは老夫婦か一人暮らしの老人だ。過去何十年もやってきた手慣れた作業を今日もやる。少しくらい腰が痛くても疲れていても、いつものように当然の義務を果たそうとスコップを握る。すぐ隣に別世界への入り口がぽっかり口を開けていることなぞ想像だにしない。そして、突然事故は起こる。その人は一人暮らしであったか。それとも、奥さんと二人静かな以心伝心の日々であったか。奥さんは病弱で臥せっていなかったか。彼はその日、痛みのある足腰をかばいながら梯子を上り、雪空の合間からこぼれる薄い日の光を浴びたか。逸子は亡くなったその人の魂に手を合わせた。サルース！　逸子の家の周りも雪だらけだが、除雪車が来るまで放っておくしかない。こんな袋小路の路地に除雪車が入るのは多くて週に一回ほどだ。警察官と不審者ならもっと来る。最近やたらと警察の人を見る。この前は背の高い男がその辺をうろついていた。暇そうだから雪かきでも頼もうかと思ったくらいだ。おや、だいぶ頭が冴えてきた。

緑茶を啜りながらラジオ体操を聞く。ラジオ体操は随分前からするものではなく聞くものになった。これから先もそうだろう。そして、そう遠くはない将来、それを聞くこともなくなる朝がやってくる。玄米茶を一杯飲み終えると台所に行き、生協の卵粥を鍋に入れて温める。寒い朝は熱々の粥に限る。それを小丼に移して剥げかかった朱塗りのお盆に載せてそろそろと運ぶ。年老いたからくり人形のように時々揺れたり止まったりしながらぎくしゃくと。温かい湯気が顔にかかる。その時、前に踏み出した左足が突然何者かにひょいと掬われたように浮き上がった。その拍子に身体は大きくバランスを崩し、朱塗りのお盆が宙に舞った。気がつくと目の前にお盆から転げ落ちた丼がひっくり返り、卵粥が畳の上で湯気を立てていた。逸子は左足に痛みを覚えてうずくまった。足首をひねったようだ。ふるさと情報の時間になっていて、どこかの地方の裸祭りについてレポーターが甲高い声でしゃべっている。テーブルまで這っていって手を伸ばし布巾を取る。温かい粥をすくい取って丼の中に入れる。足を引きずって布巾をゆすいで来てべたべたする畳を拭いていると、左半身にぞぞっと身震いが来た。この感覚にはたまさか襲われる。冷たい川底に引きずり込まれるような気分になって身をすくめる。朝食は珈琲と紫蘇昆布パンになった。

炬燵で横になっているうちにすっかり寝入ってしまった。誰かが呼んでいる。声は白樺の木々の間を縫って届く木漏れ日みたいに微かだった。若い男のからりと低く優しい声。いい気持ちで声の持ち主を思い描いていると、いきなり玄関の方でガタガタと無粋な物音がした。太いだみ声が「大槻さん、大槻さあん」としつこく呼ぶ。這うようにして玄関まで辿りついて返事をする。玄関の引き戸の向こうにいるのは町内会長の八木沢らしい。

「お〜い。生きてますかあ。新聞取ってないんで声かけてみたんだよ」

逸子がようやく鍵を開けると、大柄な八木沢がのそりと入ってきて、新聞を差し出した。

「ああ、いがった、いがった。まんだ生きてた」

八木沢は肩を揺らして豪快に笑った。つられてうっすら笑う。

「今日はゴミの日でよ、通りかかったら、まんだ新聞取ってなかったもんで、一応声かけたんだす。今日は遅いなあと思ってよ。大丈夫？　変わりないだすか」

「はい、なんもです。ほんと、わざわざ申し訳ないこと」

新聞を受け取り、足の痛みを気取られないように上がり框の介助バーにつかまった。

「なんも、なんも。この辺りもすっかり空き地と空き家が増えてしまって、ほれ、俺んちの斜め前の篠塚さんの婆さんな、ずっと一人で頑張っていたけど、とうとう東京の長男のとこに行ってしまった。なんでも、正月に息子が帰ってた時、空の薬缶を火に掛けたまま放ってあったのを見つかってえらく怒られたんだと。危なくてもう一人にしておけねえって。あの婆さまな、誰にも気がねしないで最期までここで暮らすんだってしゃべってたのにな。また人口が減ってしまったあ」

「はあ、そうでしたか。ほんとにねえ。篠塚さんもねえ。ちっとも知らなかった。年を取ると切ないもんで。わたしなんか子どももなんもいないから、気楽は気楽ですけど……」

　八木沢はわずかに顔を曇らせた。

「なんの、大槻さんはまんだ若いもの」

「いいえ、いいえ、そんなことは。八木沢さんよりお姉さんですよ」

「んだか？　まさか。俺、七十五だよ」

「わたしは、七十八」

「あや！　驚いた。まんだ七十には届いてないと思ってたよ。若く見えるもの、ずうっと年の離れた妹だと思ってたあ。あはは。まあ、とにかく元気で、風邪引かないようにね。何かあったらこの弟に遠慮なくしゃべってくださいよ。へば」

　逸子は礼を言って何度も頭を下げた。全身黒い防寒着に身を包んだ八木沢は間違って穴から出て来てしまったヒグマのようだった。介助バーを握っていた指が強張り、足首は痛み、身体は冷えた。新聞をめくって眺めているうちにまた眠くなった。炬燵に潜り込んで身を縮めるとすぐに眠り込んだ。

　父が独りで暮らしている小さな家を訪ねた。まるでおとぎ話に出てくるような家の白い可愛いドアを開けると、父は小綺麗なキッチンの対面カウンターの向こうでフライパンを振って何か作っていた。黒い丸椅子に座ってそれを見ていると、父ができあがった料理を出した。ほっそりした舟の形をした銀の器に黒いごはんが盛ってある。銀のスプーンも添えてある。父は生前には見られなかったような温和な表情で「チャーハンだよ」と言った。逸子は銀のスプーンを取って黒いチャーハンを口にした。壁は白くカウンターは黒かった。父の穏やかな様子とシックな部屋の雰囲気がよく似合っていた。すると、心が言った。そうだ、今日からここで父と暮らそう。今度はきっとうまくいく。重大なことに気づいたのはすぐあとだった。父はもうとっくの昔に亡くなっている。そう気づいた時もまだ夢の中。がっかりしたとたんに目が覚めた。ところが、その後ひたひたと打ち寄せる波のように不思議な幸福感がやって来た。波はこそばゆいほどに慎ましかったが、圧倒的な力を持って長らく心の渚に留まった。呆けたようにうっとりした。ふっと我に返るとラジオが何か聞いたこともない言葉をしゃべっていた。海の波か川の流れかが何かの拍子に言葉を獲得したような。サルース？サルースという音韻が流れの中から立ち上がった。しきりに呟いている。サルース、サルース、サルース……

父親よりずっと後に亡くなった母親はほとんど夢に出てこない。さっさとどかせばいいものを、家の中の邪魔な家具にも遠慮して迂回して通るような人だったから、余計なことはしないのだろう。父親の方は忘れた頃にぶらりとやって来る。よほど重大な心残りがあるに違いない。ひねった足首の痛みも少し和らいだ。昼食は冷凍うどんに卵とほうれん草と葱と粒餡を入れて食べた。大槻家名物、餡子うどん。午後は読書でもしよう。もう誰も来ないでほしい。逸子は愛読書を取りに寝室に行った。今度は邪悪な者に足を掬われないように静々とすり足で。長い長い物語を読みたいと思って、夫の蔵書を探すと『地球全史』という大型本が目についた。これだと思った。四十六億年。長い。それは地球の全史四十六億年をカバーする写真集だ。読まずに眺めておればよい。後ろについている解説を読んでみても何やらよくわからなかった。冥王代、太古代、原生代、古生代、三畳紀・ジュラ紀、白亜紀、古第三紀・新第三紀、第四紀と、八つの章からなっているのはわかった。それぞれに関連し、証拠となるような地層や氷河や崖、化石などの写真に短い説明がついている。撮影地はアメリカ、カナダ、オーストラリア、中国、ヨーロッパ、アフリカと世界中に及んでいる。ほとんどが人間なんぞ影も形もなかった時代の想像を絶する世界を暗示する写真だ。たとえば、グランドキャニオンのオレンジとチョコレートとキャラメル色のミルフィーユのような地層は、原生代から古世代へ十八億年の時空を物語る。地球は大規模な火山活動や大陸衝突により気が遠くなるような時間を経てダイナミックに姿を変えていったらしい。大陸の誕生と分裂を繰り返し、激しい気候変動によってすべての陸と海が雪と氷に覆われて地球全体がスノーボールと化したり、また火山の噴火によって二酸化炭素が発生してスノーボールが解凍され、カンブリア紀の生物大爆発を迎えたり……噂によれば、地球にも言うに言われぬ波瀾万丈の生い立ちがあったらしい。その顛末や苦労や愚痴をぜひ聞かせてほしいとは思うものの、専門家の解説を読み出すと眠くなる。よって、夜、寝床で読むとたいそう都合がいい。もちろん、昼寝にもうってつけ。

　電話が鳴った。若い男のよく通る声が「こんにちは～。はい、リフォームのサンホームと申します。台所をすっきりと使いやすいシステムキッチンにしませんかあ、ということで、お電話させていただいてま～す」などとしゃべる。「はあ、リフォームですか。年寄りで料理もなんもしないのでせっかくですけど」と答えると、「それなら、さらさらなおさらです。嫌でもお料理したくなるキッチンはいかがですかあ。高齢者の方の動線を考えたとても便利な仕様があるんですよ～」とか、「年を取って背丈が思いっきり縮んでもシンクの高さが調節できるんですよ～」とか要らないことをいろいろしゃべる。「台所は水が出て湯が沸かせればそれで結構です。御苦労様。へば」と答える。「ちょっと、ちょっと待てよ！　何がへばだ。糞バ」まで聞いてガチャンと受話器を置く。昼寝をする暇はあっても、カモ探しの無礼な若造の相手をしている暇はない。これから両生類の上陸に立ち会わねばならないし、ステゴサウルスの化石も検証しなければならない。電話機を留守電に切り替えた直後、ピーッと鳴って留守電が入った。どうせさっきの無礼者に決まってる。あ、そうだ。今日はゴミ捨ての日だ。南極大陸を横断するつもりで出かけねば！　サルース！

どこにも行かない。外に出るのはゴミ捨ての日と、天候と体調の両方に恵まれたきわめてまれな日だけである。そういう時には杖をお供に近所の川べりにごく短い散歩に出かける。天候に恵まれるとは、ただ晴れていれば良いというわけではない。陽射しが強すぎず風も無風か微風で温度湿度もストレスにならない範囲でなくてはならない。よって、気温や風の変化の大きい春や秋よりも夏の早朝、ほのかに辺りが明るみ、下草に朝露が玉なし、小鳥が目覚め始める東雲《しののめ》時がすこぶるよろしい。体調に恵まれるとは、腰、背中、肩、首、頭、目に痛みがないか、もしあっても軽微で疲労倦怠感がマックスの半分以下で、なおかつ体調暗転の不吉な予兆を感じないという三つの条件をクリアした場合に限る。これらを全部クリアして散歩から帰る頃には十歳の少年に戻っている。そう、あの頃は少年だった。ダンゴ虫やミミズを手に忍ばせて女の子の顔の前につきつけては喜んでいた。

出不精は大人になってからだ。あちこち出かけるよりも家、またはそのごく近い周辺で好きなことをして過ごすのが性に合っていた。退屈だと思ったことはない。だから、どこにも行かない人に親しみを覚える。たとえば、エマヌエル・カントやエミリ・ディキンソン、熊谷守一、グレゴリー・ペレルマン、マリオ・ジャコメッリ、そして、ミシェル・オーツキのような。哲学者カントのお出かけは毎日きっちり決まった時刻に散歩に出かけることだけだったし、一九世紀アメリカの詩人エミリ・ディキンソンは、晩年の四半世紀を家に引きこもって詩作に没頭した。「数学界のノーベル賞」と言われるフィールズ賞をあっさり辞退した天才数学者ペレルマンは、人付き合いが嫌いでロシアの森にキノコ狩りに出かける程度。死を見つめ続けた写真家ジャコメッリは、晩年有名になってからも故郷イタリアの小さな町、セニッガリアを出ることはなかった。画家の熊谷は晩年の三十年間自宅の敷地から出ず、小さな生き物たちを観察して絵を描いた。そして、蟻は左の二番目の足から歩き出すことを発見した。ミシェル・オーツキは、以前一緒に暮らしていたうさぎである。亡くなってかれこれ四半世紀になろうか。彼女の命日の八月一日には毎年手元に置いてある遺骨に花を手向ける。両親や夫の命日は忘れても、ミシェル・オーツキのそれは忘れない。彼女も大の外出嫌い。胸に抱いて小さな庭に出ただけで目玉を突出させ身体を強張らせて防御体制になった。いつも同じ部屋の同じカーテンを囓り、いつも同じ畳の上を駆け回り、いつも同じケージの床に寝そべり、いつも同じタオルで台所の床をこすり、よく晴れた夏の朝、逸子の腕の中で九年と十か月の兎生《とせい》を終えた。彼女の頭部にすっくと立った二本のアンテナは、小鳥の声やそぼ降る雨音や同居人のため息や、人間には聞こえない何かの予兆や遠い世界の悲しみをも聞き取っていたはずだ。なぜなら、逸子はそれらの声や音をたしかに共有し、二本のアンテナの振動に共鳴していたと思うから。物理的に広い世界は知らずとも、その瞳は何かとても大切なものを捉えていたと思うから。彼女を慈しみ、深く慰められながら、同時にミシェルの有するある種の卓越した知性に畏敬の念を抱いていた。

午後になってひどい吹雪になった。窓から眺めると、袋小路には人っ子一人見えず、ものみな輪郭を失い白一色の世界になっている。いつもは鉛色の空にもくっきりと映えて見える松の大木も白い嵐に霞んでいる。松の木は広い更地の片隅に独り取り残されて立っていて、ちょうど逸子の家の玄関先から見える。数年前には大きな屋敷が建っていたのだが、一人暮らしの老女が亡くなってからはすっかり荒れ果てて屋敷は取り壊された。かつては四季の花々にロウバイや梅、桜、無花果や柿、栗の木などが植えられた立派な庭園があって、通りかかる人の目を楽しませていた。その庭も見る影もなくなったが、松の大木だけはあまりに姿が立派なので切るに忍びなく残されたのだと聞いた。雪を見ると小腹が空く。熱い生姜湯を作って、塩煎餅とかりんとうをつまむ。かりんとうは夫の好物だった。老舗の高級なものより一袋百九十八円の黒かりんとうが一番美味いと言っていた。新聞に入ってきた恵方巻のちらしを見ていると、玄関の引き戸を叩く音がした。ガンガンと容赦ない。驚いて腰を浮かし、「はい、はい。ちょっと待ってえ」と言いながら鍵を開けた。そこに立っていたのはランドセルを背負った子どもだった。頭にうっすら雪を載せている。

「ああ、びっくりした。あれ、あんた、安藤さんちの子でないかい？　どうしたの？」

男の子は寒そうに身を縮めてその場でぴょんぴょん跳びはねた。路地を隔てて三軒先の平屋が安藤さんの家だ。ここいらでは小さい子どものいる家庭は珍しい。ほとんど外出をしないのでめったに会うことはないが、たまに会うと挨拶してきて人懐こいところがあった。逸子は男の子の頭の雪を払ってやった。

「どうしたの？　早くおうちに帰りなさい。すぐそこでしょ」

「あのう、ええと、じつは、かぎがかかってて、たたいてもだれもでてこないんで」

男の子の発音はふにゃふにゃして聞きづらかったが、なんとかわかる。

「ええ！　留守！　お母さん、出かけたまま帰って来てないの？　それは大変」

仕方なく男の子を招き入れて、熱い生姜湯を作った。おしぼりを渡すと、彼はよくそこらのおじさんがやるみたいにごしごし顔を拭いた。

「これ、あったかくない。つめたいでふね」

お菓子を勧める前に拭いてない手が伸びてかりんとうを三つつかんだ。

「これはおいしいでふ！」

「それはようござんした」

男の子は立ち上がり、両手にかりんとうを一つずつ持ってくるくる回転した。肩まで伸びた髪がフレアスカートの裾みたいにふわりと広がる。

「あのう、僕、名前は何ていったっけ？」

「あんどうひろむでふ」

「え？　ひろむでふ？　ああ、ひろむくんか。ひろむくん、何年生？」

「ちがう。ひろむさんでふよ。せんせいもみんなも、ひろむさんとよびまふ」

「あ、そうなんですか。じゃあ、ひろむさん、ひろむさんは何年生ですか」

「はい、にねんへいでふ。おばあさんはなんねんせいでふか」

「え？　意表を突く質問ね。ええと、六十五歳だから、六十五年生ってことにしとこうか」

「ふうん。ひゃくねんせいとおもいました」

「ま！　随分と言ってくれること」

やっと座ってくれたと思ったら、今度はかりんとうを牙のように口の両脇にさして白目を剥いている。逸子は町内会名簿を引っ張り出して安藤さんの電話番号を調べた。すぐに電話したが、聞こえて来るのは呼び出し音ばかり。留守電にもなっていない。

「困ったねえ。おうち入れないねえ」と言いながら、困っているのはこっちの方だと思う。振り向くと男の子の姿がない。いつの間にか襖が開いていて隣の部屋でくるくる旋回している。

「こら！　何やってるの。こっちで座ってなさい」

ひろむは素直に言うことを聞いて座ったが、すぐにマグカップを指して言った。

「あの、これ、おかわりありまふか」

「ありまふけど、ありまへん！」

彼はひどく面妖なことを聞いたとばかりに首を傾げた。

昨日はたいそう珍しく複数の訪問者があって疲れた。ひろむが来てから三十分ほど経ってやっと電話が通じた。まもなく母親が迎えに来てしきりに頭を下げた。吹雪の中早く帰ろうと脇道に入ったら車が嵌ってしまって抜け出すのに手こずり、すっかり遅くなってしまったと言う。かなりけばけばしかったと想像される化粧が一日の労働で剥げ落ちたような面持ちで、真っ赤な防寒着を着込み、焦げ茶色の毛糸の帽子からは赤茶けた髪の毛がはみ出している。貫禄のある腕を伸ばして息子の頭を押さえ、「こら！　勝手によそんちへ行ってんじゃねえよ！」と怒鳴り、何度もお辞儀をさせた。息子は小さな声で「ごめんなはい」と呟いたが、全く応えてない様子でぴょこぴょこ跳びあがりながら帰っていった。居間のテーブルに出してあったかりんとうと塩煎餅はあらかた食われていた。やれやれと座り込んでしばらくしたら、また呼ばれた。今度は郵便配達のお兄さんだった。「大槻さん、郵便です。はい、ラブレター」と言って手紙を渡す。彼は税務署からの通知にも「はい、ラブレター」と言う。黙ってポストに入れておけばいいものを、お節介にも声をかけてくれる。一人暮らしの高齢者の世帯は、ひょっとしたら人知れず息絶えているかもしれないので、なるべくそうするように指示でもされているのかもしれない。御苦労なことだ。手紙は今、目の前にある。死んだ夫からだった。死んだくせによくも手紙なぞよこすものだ。ラブレターどころか嫌がらせとしか思えない。逸子は白い封筒を冷蔵庫の冷凍室に入れた。そこにはもう同じような白い封筒が数通入って、凍死していた。

今日も雪模様で家全体が冷蔵庫の中みたいに底冷えする。昼はレトルトカレーと梅干を食べた。視線を感じた。視線がどこから来るか辿ってゆくと冷蔵庫だった。冷凍庫の中から夫の冷えた視線がこちらを見ていた。まだ生きているのか？　逸子はしっしっと手で視線を払いのけ、テレビをつけた。うまい具合に夫が大嫌いなバラエティー番組をやっていた。夫の視線はすごすごと白い封筒の中に戻った。逸子は目を掌で覆った。朝起きると目がどんより充血していてごろごろする。時間が経つと充血は少しましになるのだが、ごろごろした不快な違和感は強くなる。目医者に行った方がいいかと思うけれど、足がない。福祉タクシーを使えば安く行けるのは知っているが、足元の悪い雪の中へ出ていくのは億劫だ。痛くてたまらないというわけではないから、不快さに慣れた方が面倒がなくていい。先月と今月は立て続けに親戚に祝儀と不祝儀があってお祝いやら香典やらを送ったので、あまり余裕がない。香典はともかく、高齢再婚で年甲斐もなく舞い上がっていた従姉への祝儀は、何としてももったいなかった。何とか暮らしは立っているものの、生存権を脅かす消費税増税とか追い打ち的な年金額削減とかで収入は目減りしている。どこへ出かけるわけでもなく、何の贅沢もしていないのに、毎月赤字すれすれの家計だ。もっと厳しい暮らしを強いられている老人は山のようにいるだろう。町内会長の八木沢もシルバー人材センターに登録して毎年雪かきのアルバイトをやっている。身体が動くうちは何でもやるのだと言っている。奥さんがリウマチで大変だから、家事もやるらしい。

「こんちは〜生協で〜す」

今日は火曜日だったのか。がらがらと戸の開く音がして高く積まれた発泡スチロールの箱が入ってきた。

「今日も雪っすねえ。道路、のろのろで遅れちゃってすんません」

いつもの兄ちゃんが長身を折り曲げて箱を下ろす。瑞々しいオーラが玄関に満ちる。

「ああ、難儀だねえ。あのさ、注文票まだ書いてないのよ。年取ると、今日が何曜日だかわかんなくなっちゃってさ」

「ああ、だいじょうぶっすよ。明日中に電話で知らせてくれればオッケーです。角の加藤さんのお婆ちゃんなんか、注文票の代わりに健康診断の結果表、入れたもんね」

「わあ、すごい。わたしはまだそのレベルには達してないけど、もうすぐかな」

「もう、勘弁してよ。はい、これ、野菜。冷凍ものと、こっちが冷蔵もの」

「どうも、どうも」

「ところで、逸子さん」と、兄ちゃんが端正な笑顔を向ける。

「で、今日は何を押し売りするつもり？」

「押し売りって、人聞き悪いっすよ。あのう、すっごく美味いゆず茶、あるんすよ」

兄ちゃんはポケットからチラシを出した。大きな瓶に入ったゆずのジャムだ。

「ほんっと、美味いんす。俺もパンに塗ったりお湯入れて飲んだりしてるけど、毎日でも飽きないっすよ。どうです？　ビタミンCたっぷり。逸子さん、もっと若がえるっすよ」

「若返るはずなんかないよ。もう六十だもの」

「え？　この前は七十って言ってなかったすか」

「んだか？　だば、もう若返ったんだわ。それにしても、あんた、営業うまくなったね。最初の頃はろくすっぽ口回ってなかったのに」

「えへへ。そりゃ、もう逸子さんに苛められて鍛えられてしまったもんで」

「なんも。可愛がったのよ。要らないものは絶対買わない主義だからね、どんなイケメンが来たってだめだ」

「でも、めげずに言ってみなさいって励ましてくれたから。それに、俺、イケメンの方だし。でへへ。で、今日は？」

「自分で言うんじゃないよ。ま、いいか。買いだね。ゆず茶は大好物なんだよ」

「やった！」

兄ちゃんは上機嫌で帰って行った。ゆず茶八百五十円也。これはほんとに美味いのだ。さっそく一杯ゆず茶を作った。ゆずの香りと甘酸っぱさが口の中で至福のハーモニーを奏でる。極楽、極楽。

時計を見るとまだ二十五時半だ。気分がいいので、真澄ちゃんを出すことにした。めったに弾いてやらないから拗ねていることだろう。桐の箱からそっと竿を持ちあげる。和服の端切れで作られた袋から出し、和紙に包まれた本体を取り出す。皮は破れていなかった。三味線は温度や湿度の変化でよく破れる。この三絃ももう二度破れた。この前名前をつけてやった。澄んだ音色が出るように「真澄ちゃん」だ。地唄三味線の稽古に通っていた頃は週に三、四回は弾いたものだが、稽古をやめてからは月に二、三回しか弾かなくなった。今は月に一度も出さない。楽器を弾くにも体力が要る。

三絃は調弦し何度も音出ししては調節するので、いざ弾くまでに時間がかかる。たまに弾くと構えが決まらず途中で弾きにくくなっていろいろ試行錯誤するはめになる。舞台で弾いたことは数えるほどしかないから、何年経っても下手くそなままだ。腕ならしに六段をやってみた。珍しく構えが決まり、最後まで行った。次は八千代獅子。前歌は覚えていたが、後歌の節回しを忘れてしまった。次は篝《かがり》。これは現代曲で調子がいいので好きな曲だが、二上がりのため、途中で二の糸が緩みやすく音がどんどん下がって来る。ツボを押さえる左手が空いた隙に素早くぐいっと締めなければならないが、これが難しい。最後の篝火が盛んに燃えさかる場面で撥の降ろしと掬いを交互に軽快に続けるところで息が切れた。疲労で撥が引っかかる。後ろに倒れて大の字になった。しばらく休んでから四肢を垂直に挙げてぶらぶら振る。「ゴキブリの断末魔」と勝手に呼んでいるヨガのポーズだ。また大の字になる。断末魔をあと二回やって起きあがり黒髪の楽譜を探す。やっぱりこれをやらねば。地唄は黒髪に始まり、黒髪に終わると言う。昔逢瀬を重ねた男に捨てられ、今は独り寝をする女の切ない思いを切々と歌うもので、複雑な撥捌きはない代わり、正確な拍子と歌唱力が要求される。前奏なしでいきなり歌が始まる。「黒髪のむすぼれたる思ひをば、解けて寝た夜の枕こそ……」腹から声を出す。三下がりなので高音で声を張り上げずともよい。声の出具合で体調の良し悪しがはっきりわかる。今日はいい方。黒髪をやると不思議と心が落ち着く。これは艶めかしい情念だけを歌い上げるものではない。むしろ、情念を抑制する無常観が効いている。歌詞は「積もると知らで積もる白雪」と終わる。黒髪と白雪、世界を縁どる黒と白のコントラスト、乱れる思いと諦念とがせめぎ合いながら共存している。痛みと寂寥と、受容。サルース！

生協のお兄さん以外訪う者もなく、電話も鳴らず、カラスも鳴かず、いったい何日、何か月が過ぎたやら。今日はたぶん二月三十日。今朝、目覚める前は山月記の虎だったのに、起きたら手形山の枯れ木になっていた。この頃気温が高い日には屋根の雪が派手な音を立てて落下する。人が落ちたかと思うくらいの大音量で。時々警察の人たちが来るので、人が落ちてないかどうか聞いてみようと思って声をかけるが、誰一人として振り向かない。雪の身投げは鉛色の冬から光の春へと季節が動き始めたことを知らせてくれる。春の前ぶれ、前兆。たしかに。春先は何かの前兆を秘めている。昼餉にクロワッサンとクリームチーズ、佃煮を入れたヨーグルトを食べていると、冬眠中だった電話が突然目を覚まし、悲鳴のように鳴った。肩がぴくんと三センチくらい跳ね上がる。受話器を取ると低く心地よい女性の声が言った。

「こんにちは。わたくし、国際ボランティア事務局のムラセと申します」

「は？」

「国際ボランティア事務局です。多くの方にボランティアのお仕事を紹介させていただいております」

「ああ、ボランティアですか。ボランティアね。せっかくですけど、わたし、もう八十五でやっとこさ二本足で立ってるような者ですから、とてもボランティアなんて」

「いえ、いえ、それは願ったりかなったりのお年でございます。実は、そのような方にぴったりと申しますか、そのような方にしかできない特別なボランティアなのです。つまり、どこにも出かける必要はございません。二本足で立っていなくても大丈夫。ご自宅で寝そべっていらしても、いつでも好きな時間になさることが……」

「え？　いったい何の話です？　わけのわからないことはもうたくさんです。それでなくても、最近ほんとにわけがわからなくて、何と言うか、毎日がカオスで」

「ははあ、毎日がカオスでございますか。それはさぞかし大変なことでございましょう。不審に思われるのは無理もありません。念のため申し上げますと、金銭のやりとりなどは一切ございませんので、その点はどうか御心配なく。何のボランティアかと申しますと、地球と魂を救う」

「あ、もう、結構です！」

逸子は叩きつけるように受話器を戻した。地球と魂を救うだって？　ばかばかしい！　怪しい宗教の勧誘に違いない。とりあえず、そんなのに騙されるほど耄碌していないことに感謝する。クロワッサンとチーズを頬張り、冷めた紅茶を飲み干す。少々多めの佃煮ヨーグルトもすっかり胃に収めた。

　地球全史のページをいい加減にめくって眺める。白亜紀の白いチョークの壁が目についた。白亜の壁には黒い傷のような曲線が何本も平行に走っている。それを見ているうちに胃がしくしく痛んできた。冷たいものを食べすぎたようだ。横になっていつもそばに置いてある枕を引き寄せ、炬燵の中に潜り込んだ。世界には不思議な場所があるもんだと思っているうちにうとうとした。ふと、目が覚めた時、いつもと違う気配がした。それは、この部屋で誰か自分以外の者が呼吸する気配だった。むっくり身を起こす。部屋は電気がついたままだったので、その気配の主はすぐに目に入った。白と黒のお上品そうな老女が真向かいに座っていた。まず目についたのは、真っ白な髪の上から伸びた二本のアンテナのようなものだった。ちょうどうさぎの耳みたいに、それは彼女の頭頂部から長すぎず短すぎずちょうどいい按配で突き出している。白いとっくりセーターの上に黒っぽい上着を着て、すっと背筋を伸ばして正座している。伏し目がちの目はぼんやりと逸子の胸の辺りを見ている。沈黙が続いた。これは夢だ。夢に違いない、慌てずともすぐに消えてなくなると逸子は思った。と、彼女は静かに目を上げて逸子を見つめた。

「突然お邪魔いたしまして、どうか御無礼をお許しください」

彼女は端正なお辞儀をした。その声に聞き覚えがあった。

「あ！　あなた、さっきの電話の？」

「さようでございます。国際ボランティア事務局のムラセでございます」

微笑むと薄情そうに見えた目が優しさを帯びた。

「どうしてもお願いしたく思いまして、こうして伺った次第でございます」

「どうして、ここが？　どうして電話した相手の住所がわかるんですか」

「申しわけありませんが、その御質問に答えることはできません。わたくしはただ選ばれた方のもとへ出向くように促されているだけで」

「は？　じゃあ、その、促している人は誰なんです？　どうせ、変な宗教とかそういうものの教祖でしょ？　ほんと、気味が悪い。言っときますけどね、わたしは騙されたりしませんよ。まったく、その頭のアンテナは何ですか。ふざけてるんですか。老人ホームの学芸会ですか。とにかくまともじゃありませんよ。どうぞ、お引き取りください。今すぐに！」

だんだん声が激してきた。

「お怒り、御尤もです。でも、あなたは選ばれたのです。とても大切な方なのです」

「おや、おや。黙って聞いてればいつまでも馬鹿にする気ですね。わたしは歩くのがやっとこさのただの老人で、仕事もしてないし、雪かきもできないし、家事だって満足にできない、ただ毎日喰って寝てやっと息してるだけの役立たずです。そんな婆さんがとても大切な方なんですって、ふざけんな！」

　彼女は声を立てて朗らかに笑った。

「まあ、その啖呵、素敵ですわ！　わたくしだって似たような者です。たぶんあなたよりちょっと年上の婆さんですわ。もう九十でございますから」

「うそ！　ほんとに？　そんなにしゃきっとしてるのに？」

「はい。しゃきっと見えるとしたら、それはこのアンテナのおかげです。このアンテナがいろいろな知恵と情報を教えてくれるのです」

　そう言うと頭からアンテナを外して逸子に差し出した。

「あら、それ、外れるの？」

　思わず手を出して受け取ってみると、カチューシャのように頭に嵌めるようになっていて、表面はビロードのような手触りの光沢のある材質でできている。しっかりと硬度もあってアンテナの先端には小さな青い石がひとつずつ嵌め込まれている。それに手を触れた。

「その青い石はラピス・ラズリといいます。地中深くにあって古代アフガニスタンの群青の空を吸い込んだ石です。岩石は目に見えない人の心も写し取って見せてくれます。大槻逸子さん、あなたはさしあたり何の役にも立っていないから大切なんです」

「ちょっと、待って。じゃあ、寝たきり老人とか、若くても病気で働けない人とか、病気じゃないけどただの怠け者とか、みんな入るわね」

「そのとおりです。でも、その方々が役に立っていないという意味は、この浅薄な資本主義のシステムに適応して利益を生み出す行為をしていないというだけのことで、彼らにはまったく次元の違う役割があるのです。その中でも特に資本の餌食になっていない方がこのボランティアには最適です」

「なんだか難しいことを言いますね。何ですか。その、資本の餌食って？」

「それにお答えするにはそのアンテナを返していただかないと」

逸子がアンテナを返すと彼女はそれを両手で大切そうに受け取り、ぴたりと頭に嵌めた。すると、アンテナは生まれた時からずっとそこに生えてたみたいにしっくりと収まった。

「ああ、データが届きました。ふむふむ、あなたの年間世帯収入は三百万を越えたことはなく、低い時は二百万以下でしたね。御主人は教育関係のＮＰＯスタッフで、あなたもほとんど塾や出版社の非正規の仕事ばかり。おや、独身時代はスナックでホステスのバイトもおやりで。総じてエンゲル計数は常に高止まり、可処分所得はきわめて低かったので、家も建てられず外食はせず旅行にも行かず、ちまちまとその辺を散歩するのが息抜きで……」

「ちょっと、黙って聞いてれば！　いい加減にしてもらえませんか。確かにそんな生活でしたよ。ここは借りてる家だし、それがどうかしましたか？　それでも、別に大きな不満もなく」

「そ、それです！」

　彼女はぐいと人差し指を突き出して叫んだ。

「まさにそういう無欲と申しますか、清貧と申しますか、そのような暮らしぶりこそ、このボランティアには大切な要素なのです。なぜかと申しますに、いわゆる右肩上がりの時代には、多くの人が時流に乗り、器用に立ち回ってそれなりに『いい思い』をしたものですが、あなたのような変人はバブルの頃でさえ必要なもの以外は買わず、贅沢品とは縁もゆかりもなく、その結果、経済活性化には何の貢献もせず、財もなさず、それでも、大きな不満はなく淡々と暮らしてきた。つまり、資本の餌食になっていないということで」

「ちょっと、黙って聞いてれば、何ですか、結局うちがずうっと貧乏でけちだったって、そういうふうにしか聞こえませんよ。言っときますけど、無欲でも清貧でもないですよ。余裕があれば欲しいものはいくらでもあったし、宣伝に載せられてうっかり要らないものを買い込んだこともあったし、あ、そうだ。多すぎるおつりをもらってそのままちょろまかしたこともあったわ。だいたいですよ、そんな個人情報どこから手に入れたんです？　どこかの政治団体の方じゃありませんか。ほんと気味悪い。どうかもうお引き取りください。何だかすごく疲れてきて、身体を立ててるのがしんどいわ」

彼女は悲しそうに頷いた。

「疲れさせてしまって申し訳ありません。では、今日はこれで」

「今日はじゃなくて、明日もあさってもずっと、もう結構ですから」

玄関がガラガラと開く音がして、誰かが入ってきたかと思うと、いきなり泣き声が聞こえた。子どものようだ。逸子より早くムラセがすっくと立ち上がった。何かしゃべっているが、ところどころしか聞き取れない。またあの子だろうと思った。のろのろと腰を上げて部屋を出ると、ムラセがこちらに身体を向けたところだった。

「この、鼻血垂らした男の子とお知り合いですか」

「ええ、まあ」

行ってみると果たして安藤さんちのひろむさんだ。今は泣きやんできょとんと目を見開いている。ムラセの頭を指さして歓声を上げた。

「それ、うさぎのみみでふか。みせて、みせて」

靴を脱いで勝手に上がり込み、ムラセの頭に手を伸ばしぴょんぴょこ跳ねるが、もちろん

「おっとっと。これはダメ。大事な大事な高性能超時空情報システムですからね。では、わたくしはこれで。サルース！」

そう言って右手を掲げたと同時に、彼女の姿は消えた。

「いまのおばあさん、きえましたね」

ひろむが異様に目を光らせて言った。

「ほんと、消えましたね。忍者だったのかしらん」

「ちがいまふ。あのひと、もうしんでるひとでふよ」

「え！　あなた、見かけに寄らずすごいこと言うね。確かに突然現れて変なことばかり言ってたわ。でも、どうして、そう思ったの？」

「おなじようなひと、みたことありまふ。ちょっとからだがすけてるんでふ」

「ははあ、透けてる？　全然気がつかなかった」

逸子はまじまじとひろむの身体を見つめ、冗談のつもりで言った。

「それで、ひろむさんは生きてる人？　それとも、死んでる人？」

彼は平然と答えた。

「ぼかあ、もうすぐしぬひとでふ」

急に、ひろむのことを壊れやすい繊細なガラス細工のように感じた。

「あら、わたしの方が絶対先だと思うけど。じゃあ、その前にかりんとでも食べる？」

ひろむは鼻血の跡がこびりついた顔を輝かせた。


この世から撤退する準備を始めたのは、身体の感覚がそれまでとは違ってきたからだ。身体が右側と左側でそれぞれ微妙に異なる機序で作動しているみたいだった。左側だけ寒気を感じるのもそうだし、左耳の聞こえが悪かったり、左足だけ頻繁にこむら返りが起こったり、左腕だけが勝手に動いて変な動きをすることもあった。目は両方とも視力が弱いけれど、左目には普段見えないものが見えたりする。黄斑加齢変性症の検査で片目ずつ網目を見た時に、右目に異常はなかったが、左目では黒い網目の中に首を挟まれた白い鳥が二羽見えた。何度やっても見えた。左半身だけすかすか透けるような清涼感を覚えたり、逆にかっと燃え上がるように熱く感じたりした。気がつくと自分でもわけのわからないことをしゃべっていて、突然ムンクになって叫んだりした。身体半分が別の世界に引っ張りこまれるみたいに引きつったりもする。

これは何かの虫の知らせだと思った。それで、身辺整理を始めた。夫も亡くなる前、見えないものを見ていたようだ。その年の春、花見に行った時、彼はまだ元気で病の徴候はなかった。それが突然「やあ、ほら、あそこの枝の上にミシェルがいるよ」と言った。逸子の目にはもちろんミシェルはいない。「何、言ってんの。うさぎが桜の木に登りますか」と答えると、夫は「いや、ミシェルは天から降りてきたのさ」と言ってほくほく笑った。その後もあちこちの枝を見上げては独りで「うふふ、うふふ」と笑うので気味が悪かった。それから、一か月ほどして進行した膵臓ガンと診断され、その年の九月にあっけなく逝った。逸子の目にミシェルの姿は見えない。代わりに二羽の白鳥が見える。白鳥は仲良く肩寄せ合って雪に覆われた路地を優雅に滑走する。時々、立ち止まって小首を傾げ、辺りを見回してはまたツイと滑る。白い雪に白い白鳥。視力の弱い目にも白鳥の輪郭はそれとわかる。銀鼠色に縁取られて見えるから。細い首が前のめりに動くたびに銀鼠色が躍動し、蜜柑色の嘴が仲良しの双子の灯のように光の輪を描くのだ

　昨夜はゆっくり湯船に浸かって目をつむり、小さな声で「冬の星座」を歌った。「木枯らし途絶えてさゆる空より地上に降り敷くくすしき光よ」この歌を口ずさむといつも同じ景色が見える。凍てつく夜の岸辺に白鳥たちが羽を休めてうずくまっている。冴え冴えとした空に冬の星座が煌めき揺れる。真っ黒な川面と岸辺の雪はその光にくすぐられて喜んでいる。そんな景色が見えるのだ。「ものみなまどろむしじまのなかに……」歌詞を忘れているところはハミングでごまかす。湯船から上がって顔を洗った。洗い終わって蛇口を閉めた時、今

度は蛇口が歌った。閉めたはずの蛇口から洗面器に水滴が落ちてメロディーを奏でた。それは今まで聞いたこともない不思議なメロディーだった。第一氷河期からこの方、凍りついた心を懇ろに溶かすような調べ。思わず、蛇口に語りかけた。「音楽奏でるの、上手だねえ！あんたにそんな隠れ技があったなんて知らなかった」たいそう幸せな気持ちになって湯船に浸かり幸せのあまり目を閉じた。身体がふわっと温かく軽くなって湯気みたいに夜空に上っていった。得も言われずいい気持ち。ここはどこだか。今日はいつだか。どうでもいい。

　三月に入って大雪が降った。雪はまる三日降り続き、この辺りでも積雪が一気に一メートルを越えた。その日は生協のお兄さんの来る日だったが、いつもの時間よりだいぶ遅れた。入り口に雪が積もっているのを申しわけ程度に除雪したが、それだけで息が切れて寝込んだ。お兄さんが荷物を入れるのに往生し、やむを得ず除雪までやってくれた。

「難儀かけてすまないね」

「なんも、なんも。これも仕事のうち」

　彼は血色のいい顔にうっすら汗をにじませ、白い歯を見せて笑った。逸子は今日の推奨商品である鰻の蒲焼きパックを買った。

「実家の湯沢なんか二メートルの積雪で大変っすよ。道路も一部通行不能で」

「難儀だねえ。にゃんこは元気？」

「ああ、冬眠中。炬燵にもぐって出てこないっす。餌食べる時だけはやたら元気っす」

「あはは、あたしとおんなじだ」

「じゃ、週一回俺が起こしに来るっすよ。どうも！」

「ああ、ありがとう。気をつけてね」


届いたものを冷蔵庫にしまった。丼用さしみが来たから、今夜はこれと熱い吸い物でも作ることにしよう。さて、今日はもう誰も来ないだろうし、来てほしくもないので、玄関の鍵を閉めようと思い立った。たたきに下りて鍵に手をかけた時、ふと外の様子を眺めてみたい気持ちに駆られた。風除室のガラスの向こうにはいつものように黒々と太い松の木の幹が見える。ところが、何かが変だった。粉雪が舞って視界が鮮明でないものの、何だか幹が一本多いような気がする。一本松の幹のそばにもう一本幹が生えている。視力も随分悪くて若い頃から乱視もあるから、そのせいだろうと思った。見る間にまた吹雪になって何も見えなくなった。その時、歯が鳴るような寒気が来たかと思う間に、背中に戦慄が走った。ガラスに張り付いて震えていると、尺八奏者の佐藤さんが通りかかって、こっちを見るや否や、その顔が恐怖で凍りついたように見えた。逸子も何だか空恐ろしくなって急いで鍵をかけ部屋に戻ったが、震えが止まらない。熱々の葛根湯を飲んだ。

翌日はようやく雪が上がり、雲間から薄く日が差した。昨夜は葛根湯のせいかひどい頻尿で夜中に五回トイレに通った。尿意だけ切実で尿はろくに出なかった気がする。おかげで睡眠不足でしんどい。喉も痛い。明け方にはまた変な夢を見た。あの松の大木に人がぶら下がってゆらゆら揺れている夢だ。もう一本幹があると見えたのは人の身体で、それは上下黒い防寒着に身を固めた男のようだった。嫌な胸騒ぎがして朝から食欲がない。新聞はわざと取りに行かなかった。熱いミルクティーと芋羊羹を一切れ食べて炬燵にもぐりこんだ。ラジオをつけ、通りすがりにでも誰か来てくれればいいがと思いながら目を閉じる。

　ラジオからニュースが流れる。ストーカー殺人の容疑者が逮捕された。被害者の女性はインターネットでその男と知り合った。容疑者から脅迫的な電話と執拗なメールを受け、三か月も前から警察に相談していたのに、事件は防げなかった。逸子は男という生き物の宿痾を思った。男は社会的に自分の存在を誇示したい動物だ。それが果たされないと心底いじける。この容疑者は自分の存在価値を認めてもらえる社会的環境になく、自分の弱さと向き合えず、さらけ出して本気で助けを求められる友人もいなかった。本当は自分自身を抹消したいのだが、世の中への恨みつらみが強すぎて、八つ当たり的に身近な家族や他人に危害を加えずにはいられない。幼児的なプライドばかりが強く、一度アクセルを踏み込むともうブレーキは機能しない。逸子も若い頃、不器用に思いつめて、物事の一面しか目に入らなかった。犯罪者になるほどの行動力がなかったので、代わりに自分を呪詛した。

何だか世界がおかしい。だんだん色彩があせていって、白黒テレビの画面みたいになっていく。部屋の中を見回すと、朱塗りのお椀も桔梗色の湯呑みもただ黒っぽく見える。窓から外を眺めれば、空は白っぽく、山や木や家々は黒く太く縁どられている。雪空に束の間覗く水色はどこへいったか。玄関に置かれたシクラメンの可憐なピンクはどこへ消えたか。何だか身体がおかしい。暑くて寒い。左半身が寒くて右半身が暑い。眠りに落ちてはふと目覚め、そのたびにしようもない思いが浮かぶ。風呂場の石鹸を補充しなくちゃとか、冷蔵庫の揚げ出し豆腐の賞味期限が切れそうだとか、夫の枕カバーを洗わないと加齢臭がこびりつくとか、生まれてから何年経つのだろう、とか。そうだ、忘れてたけど、この家には二階があったはずだ。しかし、二階の寝室の様子を思い浮かべると、きりきりと胸が締めつけられ息が苦しくなる。近所の人たちが家の前に集まって、時々不審そうな視線をこちらに向けたり指さしたりしながら、ひそひそ話しこんでいる。ああ、もう一つ思い出した。父は自死したのだ。一日中よく晴れた秋の日の夕暮、色づき始めた柿の木で。

何度目かに目が覚めたら、傍らに夫がいて「何してるんだ！　起きろ、起きろ」と喚いた。部屋は薄暗く大柄な夫の身体の輪郭が白っぽく浮き上がって見えた。起きようと思って身体を動かそうとするが、指一本動かない。怒気をはらんだ夫の気配だけが濃厚に迫ってくる。いつの間に脱いだのか衣服をまとっていない。うなされる。自分の呻き声で正気に戻った。金縛り状態になったのは久しぶりだった。びっしょり汗をかいている。悄然として立ち上がることができない。この家の時間は死んでいる。逸子は両手で顔を覆った。指が目の上の骨に触れる。両の指を滑らせて目の縁を辿り、目の周囲を一回りすると、その中に眼球の収まったうろを感じる。今は少し突き出た瞼があって、昏く深いうろを埋めている。やがて髑髏になったら、そこには大らかな虚無が出現するだろう。突然、言葉がほとばしった。「やがて死がおまえの目にとってかわるだろう」どこで出会った言葉だろう。「やがて死がおまえの目にとってかわるだろう」ああ、どこで出会った言葉だろう。「やがて死が……」

　二度目にムラセが来た時はお茶ともろこしを出した。ムラセは相変わらず背筋を伸ばして端座し、長い指で優雅にもろこしを摘み、煎茶を飲んだ。

「それでは、逸子さんにやっていただきたいお仕事について説明させていただきます。それは端的に申しまして、呼吸することです」

「へ？」

「呼吸ならもう毎日やってるとお思いでしょうね」

「んだ、んだ。百年近くも毎日。もうやめてもいいかと思うくらいだ」

「まあ、ここに来て一気にお年が増えましたこと。でも、わたくしの申し上げる呼吸はちょっと違います。特別な呼吸なのです。逸子さんは呼吸とは何だと思いますか」

「そんなの改めて聞かれてもねえ。まあ、有り体に言えば、息を吐いたり吸ったりを繰り返すこと、そうやって毎日生きている。呼吸が止まったら死ぬ。だべ？」

「はい、確かに。ですが、それなら、呼吸ではなく、ときゅうと言った方がよろしいように思いませんか」

「ときゅう？」

「はい。吐いたり吸ったりという意味で、吐くという字は「と」と読みますでしょ？」

「ああ、それで、吐吸ね。変な言葉、作らないでよ」

「相すみません」

ムラセは右手を頭のアンテナにやって、上目遣いでちょっとアンテナの方向を直すようにした。それから、ひたと逸子の目を見つめた。

「呼吸というのはですね、本来ただ吐くのではないのです。息を吐きながら時に声を出し、呼びかける、もしくは呼び出すのですよ。そして、呼び出したものを吸うのです。良きものを呼び出せば良きものを吸い込み、悪しきものを呼び出せば悪しきものを吸い込むことになります」

逸子は顔をしかめた。左側の首筋が張って痛む。触るとそこにこんにゃくみたいなしこりがある。

「あの、悪いけどやっぱりわたしには無理みたい。何だか息が苦しくて、その、つまり、吐吸が苦しいから」

「それは、いけません」

　気がつくとムラセがもう背後にいて逸子の首に手をかけていた。逸子は震え上がった。

「つ、冷たい！　あんた、ひどい冷え性だね。それじゃ、よけいに痛くなるからやめて。そういえば、ひろむさんがあんたのこと、もう死んでるって、わあ！　やめて！　わあ！」

　逸子の身体はがくんと後ろに倒れた。

「力を抜いて、わたくしに寄りかかってください。大丈夫ですよ」

　すると、獣のような呻り声が聞こえて身体が左右に揺れた。それから、突然、身体が浮いた。まるで巨人が逸子の身体を思いきり空に放り投げたみたいに。逸子の身体は軽々と宙を飛び、マッターホルンの尖った峰をひとつ越えた。サルース!!

　久しぶりにヨガをやった。結跏趺坐はもうできないので、それを崩したような格好で腹式呼吸をやり、わにのポーズとゴリラの散歩とゴキブリの断末魔をやって、死人のポーズで倒れていると、誰かがやって来た。町内会長の八木沢だった。回覧板を手にしている。

「逸子さん、親睦会さ、出ねかい？　佐藤の爺さんの尺八で加藤の婆さんのフラダンスさ、見られるよ」

「おや、尺八でフラダンス踊るの？　珍しいこと」

「おうよ、前代未聞だあ。逸子さんにも三味線弾いてほしいなあ。どんです？」

「とんでもない。もう撥の持ち方も忘れてしまったよ。申し訳ないけど、欠席でお願いします。最近は、ただ座ってるだけでも難儀でねえ。今も死んだみたいに倒れてたんだあ」

「なんの。顔色いいもの、だいじょぶだあ。あの公民館、リクライニングシートさ、あるもの、寄りかかってればいい。ただの座椅子だけど。あはは」

「だめ、だめ。あれは、かえって腰痛くなってだめ」

「じゃあ、俺の膝に座るかい？　まんだ、クッションついてるよ」

「ついててもクッション悪いべ。時に、八木沢さん、この前の吹雪の日に、あそこの松の木に引っかかってゆらゆらしてなかったきゃ？」

「あの立派な松の木に？　ゆらゆら？　俺がきゃ？　いやあ、そんなことした覚えはねえな。こうしてまだ息してるしな。なして？」

「なんも、なんも。だば、よかった」

「それ、もしかして平野のお殿さんかもな。夜昼かまわずあちこち徘徊してるそうだ。鍵かけても上手に開けて出かけてしまうんだと。松の木の枝で懸垂もやるらしいよ。もう九十一なのに、足腰はいつまでも丈夫で、家族はなんと難儀だあ」

八木沢は頭を振り振り帰っていった。平野のお殿さんと言えば、この街で一番大きな食品会社の社長を務めた地元の名士だ。日本酒の入ったケーキが大ブームになって海外にも輸出し、一代で資産を築いた。橋のそばにある昔ながらの実家と、郊外に建てた別荘のような邸宅とを行ったり来たりしていたが、病を得てからは「帰る、帰る」と言って、質素な生家に住みたがったという。現役時代、出勤の時はいつもダブルの背広にソフト帽でダンディーに決めていたそうだ。

真澄ちゃんを出した。三味線の稽古を始めたのは五十を過ぎた頃だった。それまで楽器に興味なぞなかったのに、どうしてそんな酔狂を発したか覚えていない。相性は悪かった。三絃店の隅で長い眠りについていた中古の楽器は、いきなり起こされて見知らぬ家に運ばれ、貧相な膝の上に据えられると、いつも神経質そうにむずかった。馬が乗る人を見るように楽器も弾く人を見てその素質のあるなしを見抜くのだろう。それでも、十年の月日が経つ頃には多少とも機嫌のいい日も増えるようになった。三味線を新調したのはその頃だった。真澄ちゃんだ。新しい三味線は獣のにおいがした。撥を振り下ろすと、部屋中に音が拡散し、余韻が天井から降ってきて頭の中で修行の足りない鐘の声のように唸った。しばらくは週に三、四回弾いていたが、だんだん頻度が減った。ある日、包み衣を剥いでみると真澄ちゃんのお腹がざっくり割れていた。猫皮は高いので今度は犬皮にした。犬も「生もの注意」のにおいがした。においが消えれば、生き物の皮もコウゾやミツマタで漉かれた紙のように無機質になる。人間の骨も同じ。焼かれて熱が冷めれば、白樺の枯れ木のように、白亜紀の石灰質で作られた繊細なオブジェのようになるだろう。

「黒髪」の歌詞を読む。

黒髪のむすぼれたる思いをば　とけて寝た夜の枕こそ　独り寝《ぬ》る夜の仇枕《あだまくら》
袖は片敷く　夫《つま》ぢゃと言うて
愚痴なおなごの心と知らで、しんと更けたる鐘の声
ゆうべの夢の今朝覚めて　ゆかし懐かし　やるせなや
積もると知らで積もる白雪

黒髪が絡み合うようだった鬱屈した思いが解けて、あなたと寝た夜の枕は嬉しかったけれど、今、独り寝る夜の仇枕は悲しい。着物の袖を片方に敷いて、これが夫だとわが身に言い聞かせる。馬鹿な女の心も知らず、深々と更けた夜に鐘の音が聞こえる。昨夜の夢が今朝覚めて、逢いたい、懐かしい、やるせない。そんな気持ちが募るとも知らずに、いつの間にや

ら積もりゆく白雪。

やがて黒髪が白髪になり、白髪が灰になり、その灰の上に白雪の降り積もる光景が広がる。

しんと更けた漆黒の夜に鐘の音が鳴り響く。

夜、久しぶりにミシェル・オーツキの骨壺を出して、蓋を取った。小枝のようだった可憐な骨たちが崩れて白い粉になっている。焼かれた直後はまだ身体の形を保ち、頭を上にしてふんわりと収められていた。小さな顔の骨格もそれとわかった。逸子は皿の上にティッシュを広げ、その上にミシェル・オーツキの骨を残らず出した。古い骨粉のオブジェはたちまち形を喪失した。指先で愛おしむようにミシェルを愛撫する。ミシェルは息を引き取った後、左の目から真珠を一粒はらりと生み落とした。その涙の宝石は本当に完璧な球体で虹色に輝きながら生まれ、身体の角度のせいで頭の方に転がり出た。逸子が指でそれを受け止めた瞬間、真珠は弾けて海色の液体に姿を変えた。それが、ミシェル・オーツキからの最後の贈り物だった。今宵、逸子はミシェルの上に大粒の真珠をいくつも捧げた。ミシェルは潤って、潤って、海になった。

考える。この世界の邪気と無邪気について。邪気とは人間の恨みや憎悪、悪意が生み出すエネルギーで、誰か特定の人を狙ったり、不特定多数を八つ当たり的に襲ったりして殺傷する。諍い、憎悪、嫉妬、怨恨、貪欲などに潜んでいる邪気は、いつの時代にもそのおぞましいエネルギーで人々を打ちのめし、無惨に殺傷する。大地はこれまでどれほどの血を吸い込み、海と大気はどれほどの邪念で汚されたことだろう。無邪気とは、地震や津波、台風、竜巻、火山の噴火など自然の生み出す破壊的エネルギーだ。四十六億年の地球史上これらで死傷し、全滅した生き物と人間の数は想像を絶する。これからも数多の命が失われることだろう。地球は荒ぶる星だ。これまでに気候変動や火山の爆発、隕石衝突などにより、五回の生物大量絶滅を経験したらしい。生物学者たちによれば現代は六番目の大量絶滅期を迎えようとしているそうな。ヒトという単一種が森林資源と海や陸の生き物を収奪し、生態系を壊してきたことがその引き金となっている。もしかしたら、地球という生命体は文明という野蛮の発生以来、人間の所業に対して邪気を孕むようになったかもしれない。この地球上の誰もが邪気と無邪気の殺傷エネルギーの下で毎日暮らしている。いつ何時これらに遭遇し傷つき命を落とすことになるかもしれない。そうならないという保証はどこにもない。しかし、今朝食べたこんがりトーストとカフェオレが最後の食事になる運命だったなんて思わず、みんな仕事や旅行や買い物に出かけ、掃除や洗濯や昼寝をし、たまさか情事を楽しんだりもする。

　夫が危篤に陥った日、逸子は若い男の腕の中にいた。

「ですから、目先の利益しか見ない為政者たちは頭を切り換えることができないのです。いつまでも市場原理主義にしがみついて、利益をあげることばかりに血道をあげて、情けないったらありません。もうモノは行き渡ってしまってどこにも投資先がないとなったら、今度は電子金融空間で投資先を捏造してまでグローバルに儲けようと企む。全くろくなことを考えない。競争に勝った企業や国が未来永劫繁栄すると信じて疑わないのです。でも、それは前世紀の古いヴィジョンです。これからは地球規模の危機を見据えた全く新しいヴィジョンとシステムが必要です。グローバルというなら、富の再分配と環境保護、戦争回避の知恵こそが地球規模で必須でしょう。地球を巨大な墓場にしないために」

　ムラセの講義はしつこく続いた。逸子はさっきから目にごろごろした違和感と痛みがあり視界もかすんで不快だった。

「だから、どうしたって言うの！　そんなのわたしにゃ全然関係ないよ。もうすぐ死ぬ予定だし。もう帰って」

「いいえ、そういうわけにはまいりません。じゃ、思い切って途中うんと省きましょう。何を申し上げたいかというと、誰も知らないと思いますけど、実はこの世界が崩壊せずにかろうじて成り立っているのは、強欲資本主義とは無縁の慎ましやかな多くの市井の方々の日々の苦労と忍耐のおかげだなのですよ。逸子さんにはそのような方々を慰め元気づけるボランティアをやっていただきたい」

「な、何ですと？」

逸子が口を尖らせると、ムラセはその口を塞ぐように開いた掌をぐいと突き出して逸子の抗議を阻止した。

「ようございますか。実際にやっていただくことは、前にも申したとおり、呼吸です。より厳密に言えば、呼吸することで祝福するのです。旧約聖書の族長たちが百八十歳とか百七十五歳とかで亡くなる時に枕元に息子たちを呼び集めて彼らを一人ひとり祝福したように。名もない人々の誠実な努力を、無償の愛を、その引き受けざるを得なかった難儀とささやかな喜びを、一つひとつ祝福してほしいのです。加えて人間の強欲のために損なわれ傷み呻いている動植物、さらには、大気や大地や樹木、海、川なども懇ろに慰めて……」

「ちょっと、待った！」

今度は逸子が断固として掌を突き出した。

「ムラセさん、あなた、ほんっと、病気じゃない？　誇大妄想かなんかの。第一、わたしはあなたが言うような誠実な人間なんかじゃない。だから、そんな立派な仕事をする資格なんかほんとに全くないんですよ」

ムラセはまた頭のアンテナに触れた。

「それは承知しています。この世に完璧に立派な人なんかいませんよ。いるのは二種類の人間です。自分を何者かであると思いこんで自己完結している人間と、何者でもない自分の愚かさ弱さを身をもって知り、葛藤して来た人間。両者は初めからスパッと分かれていたわけではありません。成長過程においてはきわめて流動的、それどころか、死ぬまで絶えず矛盾に引き裂かれて葛藤しておりますよ。でも、結局のところ、本質的にはこの二種類です。そして、あなたは後者です。そうですよね？」

「違う。いい加減にごまかしてきただけよ。命を二つ奪ったことも、人を憎んだり軽蔑したり、裏切ったこともある。自分可愛さでずいぶん人を傷つけたし。結局は言い訳して自己弁護して忘れようとしてきただけで……」

「それも承知しています。そして、もう十分苦しんだことも。役に立つかどうかなんて考えもせず、惹きつけられるままに多くの書物に時間とエネルギーを費やしたことも」

「どうして？　どうして、そう何もかもわたしのことを知ってるの？　あんた、誰？」

　ムラセは上品な口元をほころばせた。

「それは、もうすぐわかります。いえ、思い出します。ええ、もうすぐですよ」

　その時、逸子の脳裏に閃くものがあったが、口にはせずに代わりに尋ねた。

「あと、ひとつ聞きたいのはね、その、旧約聖書の族長とかなんとかはもうすぐ死ぬって時に祝福したわけでしょ？　じゃあ、わたしももうすぐ死ぬってことですか。もちろん、それでいいし、死ぬのは大歓迎だけど」

　ムラセは大仰にゆっくり頷いた。

「その点は御心配には及びません。だって、逸子さん、あなたはすでに亡くなっておいでですから」

「おや、それは知らなかった。初耳だわ」

　逸子はしばらく自分の手を眺めた。

「そう言われてもねえ、この手はまだ腐ってないし、骨にもなってない。やっぱり、どう考えても死んだ覚えがないんだけど」

　ムラセの目が愉快でたまらないというふうにきらきら輝いた。

「同感です。わたくしもすでに死んだと思われますが、未だに死んだ覚えはございません。死んだ覚えのある人はいないんです。誰々が死んだと認識するのは、死んだ人以外の人です。死んだ本人はもう脳が機能していないので死んだと認識することはありません。ただ、別の世界に移っただけです」

「ははあ。それで、うちの旦那なんかも死んだくせに死んだとわかっていないから、未だに変な手紙を送りつけてきたりするわけね」

「ほほほ。そのうち御主人とも出くわしますよ。夫婦でもう別の世界に移ったわけですから」

「じゃあ、そのわけのわからないボランティアの仕事、うちの旦那にやらせればいいじゃない。きっと暇だと思うよ。最近は、冷凍庫の中からじっと外をうかがうくらいしかやることがないみたいだし」

ムラセは頭のアンテナを一本ずつゆっくりしごいた。

「いいえ、この仕事は女性の方が向いています。総じて女性の方が特定の原理に囚われず度量が広く、見えない世界や異質な価値観に対してオープンだからです。男たちは幸か不幸か出産子育てという非効率的な仕事を免れてきましたから、戦や権力闘争や成長戦略路線なんかにはしっかり専念できちゃうんです。テストステロンホルモンのせいか攻撃的に脇目もふらず突進するようにできています。幼児的誇大妄想で強い国家と自分とを同一視して、威張っていたいのです。結局、劣等感と満たされない承認要求との葛藤のあげくにすぎませんが。そして、現実に勝手に他国を侵略したりします。侵略される方は苛酷な運命にさらされます。頭が固くて相手の被る苦痛や違う価値観への想像力が足りないのです。そういう方々にはこの非効率で深遠な仕事は難しいでしょう。むろん、男性の方々でも例外は少なからずあります。命を懸けて独裁者を批判し、抵抗活動を続ける勇気ある方々です。でも、多くの男性は……ほら、あの平野のお殿様。あの方が田茂川で白鳥たちにちょっかい出しておいでだったので、声をかけてボランティアのお話をしてみました。そしたら、『ボランティアか、まあ、そのくらいやってもいいぞ。ただし、俺をその仕事の名誉会長にしてくれたらの話だがな』なぞとおっしゃいました。白鳥たちもゲロゲロ、グエって鳴いて離れて行ってしまいましたよ。わたくしもさっさと退散いたしましてございます」

「おや、あのお殿様らしいこと。で、白鳥たちはいっぱいいたの？　もっと北の居留地からこっちまで遊びに来るんだよね。吹雪の日なんかは何十羽も見たことがある」

「ええ、まさにその日は吹雪でございましたから、そうですねえ、三十数羽はいましたか。真っ黒な川面と白鳥たちのコントラスト。白鳥たちの嘴だけが色づいて……」

「ああ、その光景、懐かしい。大好きなの。そのボランティアはともかく、もう一度、あの白鳥たちに会いたいなあ」

「では、会いに行きましょうか」

「行く、行く！」

逸子は幼い子どものように何度も頷いた。

その男と出会ったのはショッピングセンターの休憩ベンチだった。入院中の夫のために必要な衣類を調達して、帰る前に一休みしようとベンチに腰を下ろした。そこに、長身の若い男が大股でやって来て向かいのベンチに座った。四十歳くらいの目鼻立ちのはっきりした男だった。彼は鞄の中をまさぐって何か探していたが、見つからないとみえて、中身を一つ一つ取り出し始めた。それから、「あった」と呟くと、ほっと安堵した顔で視線を移した。その時、ぼんやりと彼の作業を眺めていた逸子と目が合った。彼はわずかに微笑んだようだったが、疲れていた逸子はすぐに視線を逸らした。その後も何だかちらちらと男の視線を感じて落ち着かなくなり、もう少し休んでいたかったけれど、思い切って腰を上げた。立ち去ろうと斜めになった右耳に男の声が追いついた。

「あのう、失礼ですが、大槻先生じゃありませんか。大槻逸子先生」

驚いて振り向くと、男の目に喜びの光が差した。

「僕、イム・ヨンファです。先生に日本語を教えてもらった、ほら、ええと、リンガ日本語学院で！」

逸子の脳裏で瞬時に閃くものがあった。

「え！　イムさん？　あの、イム・ヨンファさん？　ほんとに？」

ヨンファの長い腕が伸びてきて肩を抱かれた。何十年前になるだろうか。日本語学校の教務主任をやっていた親しい友人から一年でいいから中級クラスの個人授業を担当してもらえないかと頼まれた。興味本位で始めた日本語教師の通信養成講座を終わってはいたが、実践経験が全くなかったので、頑として断り続けた。しかし、当てにしていた人に辞退されて困っている、中級で個人授業だし、あなたなら大丈夫とおだてられ、粘られてとうとう承諾した。ヨンファは実に優秀な学生だった。言葉に対するセンスが抜群な上に、よく自学自習してわからないところを明確に質問してくるので教えやすかった。説明が難しいところはいろいろ調べて勉強し教え方を工夫した。週に三度の担当は一年のはずが二年になった。希望の大学に合格してからも、暑中見舞いや年賀状のやりとりが続いていたが、いつからか音信が途絶えて長い年月が過ぎていた。

　タクシーで帰ると言う逸子を彼は自分の車で家まで送ってくれた。そのまま返すわけにもいかず、お茶とあり合わせのお菓子でもてなした。彼は日本人の女性と結婚して子どもを一人もうけたが、何年か前に離婚したという。今も独り身で大学の専任講師をしているそうだ。夫が病気で入院中だというと、端正な顔を曇らせた。

「それはご心配ですね。先生もお疲れでしょうから、もう失礼します。実は美味しい和食のお店にご招待したいと思ったんですが」

「それは、ありがとう。お気持ちだけいただきますよ。それにしても、ヨンファさん、完璧な日本語を身につけましたね。あのころはまだ抜けなかった発音の癖がなくなって、本当に日本人と全く変わらない」

ヨンファは少年のような初々しいはにかみを見せた。

「実はカナダの大学に仕事が決まって、来週には出発するんです」

逸子は心から祝福した。別れる時、彼は逸子の手を力強く握った。小豆色の軽自動車に乗りこむ彼を見送って、二階に上がり着替えをした。疲れて身体が重い。疲れの中にはヨンファが残していった甘たるい未練のようなものが混じっていた。まだ四時前だったので寝室のベッドで少し横になることにした。窓から外を見ると九月の空が高く澄み渡り、陽光が百日紅の赤い花をいっそう鮮やかに際だたせていた。ベッドに滑り込むと、まもなく深い眠りにいざなわれた。

誰かに髪を触られているような感覚を覚えて目を覚ます。すぐに大きな掌に口を覆われた。

「僕です。戻ってきました」

熱い頬が触れた。いきなり抱き締められ、愛撫の嵐に晒された。逸子は荒波に翻弄される一艘の小舟になった。古びた小舟は激しい情念の渦潮に巻き込まれ、頑丈な砦のようなその肉体にしがみついた。息もできないほどもみくちゃにされ、めくるめく回転し、あえぎ、呻き、歓喜し、そして、砂浜に打ち上げられた。幾重ものまぶたのような波が打ち寄せる穏やかな浜辺で小舟は難破した。激しい愛撫の最中に何かが鳴り響く音を聞いた。それは中断して何度も繰り返し鳴り響いたが、遙か遠いシルル紀から聞こえる昆虫の羽音にすぎなかった。

壮年の若々しさを十二分に保った男は、年を経た小枝の髄にもまだ樹液が巡っていることを知らしめた。耳朶には甘やかな囁きが幾たびも訪れた。サランヘヨ。二人は一晩中肩を寄せ合い奇跡の夜を語り明かした。

　夫が危篤状態に陥ってすでに息を引き取ったと知ったのは、翌日の早朝だった。陰りない眠りを眠っている彼には勿論知らせなかった。彼は逸子の内奥に消えやらぬ刻印を残して立ち去った。逸子が必死に隠そうとした心の動揺を鋭敏に察知し、訝り怪しみながら。

　二羽の白鳥が迎えに来た。満月の夜だった。その惜しみなく降り注ぐ月光の下、一対の白鳥は後になり先になり凍りついた雪の上を気持ちよさそうに滑走していく。逸子も腰を落として両足を滑らせてみると、いい按配に滑走できた。腰も膝も足首もどこも痛くない。途中で少年に会った。温かそうな毛糸の帽子を目深に被っていたが、時折ぴょんぴょこ跳ねるのでひろむだとわかった。ひろむも上手に雪道を滑っていく。白鳥に導かれて田茂川に着いた。黒い川面に白く点々と動くものが見える。優雅に川面を泳いでいる白鳥たちだ。岸辺に立つといつの間にか白い着物を着たムラセが寄り添ってきた。逸子は川の流れる音に耳を澄ませる。風呂場の蛇口と同じくらい上手にメロディーを奏でている。天を仰げば降るような星づく夜。見る間に満月の黄身が流れ出て真珠色のオリオンをクリーム色に染めた。白鳥が短く鳴き交わす。ひろむも鳴いた。白鳥と話をしているようだ。白鳥たちは時々伸び上がり翼を広げて羽ばたいている。とうとう飛び立つ時が来た。逸子の胸に喜びが満ちた。にわかに冷たい風が吹きつけてきたかと思うと、風が雪を伴い視界を真っ白に閉ざした。逸子とムラセはひろむを間に挟んでしゃがみ込み、ブリザードに耐える皇帝ペンギンになった。吹きすさぶ風は凄まじく、吹き飛ばされて空に舞い上がるかと思うほどだ。逸子は耳を澄ませた。ゴーゴーと耳をつんざく音のまにまに泣き叫ぶような怒鳴るような女の声が聞こえる。ひろむが反応した。

「おかあさんだ。ぼくをよんでまふ」

町内会長の八木沢の家に二人の客があった。副会長の加藤君子と会計の佐藤、それに八木沢の妻の慶子も加わって、四月の総会の準備に当たっていた。

「みんな年取ってあんまり活動ができなくなったから、予算が余ってしまってなあ」

佐藤の言葉に君子が答える。

「婦人部もよ、あちこち痛い人が多くて、ちょっと若い人は親の介護かかえてるしよ、桜やら紅葉やら見に行こうたって、ほい、ほい行けないもの。それで、今年度は婦人部の活動ゼロってわけ」

「あたしも、協力できなくて申し訳ないねえ。家事も思うようにできなくて」

「なんも、なんも。リウマチの辛さは知ってるよ。うちの旦那の姉さんが患ってたから」

八木沢がお茶うけのいぶりがっこを噛みながら言う。

「まあ、無理して活動して、後からみんなに寝込まれても仕方ね。まんず、無理のない範囲で屋内でできる活動さ続けたらどんですか」

「んだ、んだ。俺の尺八で君子さんがアロハ踊った時は大喝采だったもんな」

「今度はみんなで踊ろうかね」

「ところで、」と八木沢が神妙な顔で声を落とした。

「あの、大槻さんの家な、こないだも俺、聞いたんだ。三味線の音」

「逸子さん、三味線弾くものな。安藤さんちの奥さんなんか歌まで聞いたって言ってた」

「ああ、あの化粧の濃い奥さんな。逸子さんももう亡くなって一年になるんでないの」

「旦那と立て続けだったもの。ほんと、びっくりした」

「奥さんは川で亡くなってたもんで、警察も一応事件性を疑うから、随分聞き込みに来て大変だったな」

「んだ。ようやく事故死ということになったけど、やっぱり、逸子さん変だったもの」

「んだ、んだ。たまに外で会うとぶつぶつ独り言、言ってて、目が虚ろで」

「身だしなみも構わなくなってたし、相当参ってたんでないかい。事故死っていうか、ほんとはやっぱり……」

「んだ。そっちの可能性もありだな。とにかく、あの家、夜中に玄関が開いてたりして、なんかこう、気配がするんだよなあ。俺、朝間にちょっと覗いた時、ほんと感じたもの」

尺八の師匠の佐藤が身を乗り出す。

「気配どころか、俺なんかよ、いつだったか通りがかった時、あのうちの風除室のガラスによ、顔が映ってたの見たもんな。顔だ。あれは確かに逸子さんの顔だった！　おっかなかったなあ！」

「ほんときゃ？　夜中にぼんやり鬼火みたいな明かりがついてるのを見た人もあってな。逸子さんの兄だか弟だかって人が来て一晩泊まっていったらしいけど、もうそれきり来ねえみたいだ」

「やっぱり幽霊、出るんだべか」

ひそひそと語り続けていた四人が一斉に口をつぐんだ。君子が呟いた。

「あれ、三味線でねえか」

佐藤の声が震えた。

「んだ。歌も聞こえる」

「そでは何とかって」

「んだ、んだ。そではかたしく？」

「聞こえたか。あんたも、あんたも？」

四人はしきりに頷いては蒼白の顔を見合わせた。


「北へ帰る準備をしておりますね」

ムラセがぽつりと言った。いつのまにか傍らに立ったひろむが呟く。

「ぼく、きょうはもういきるきがしないんで、はくちょうのせなかにのっていきまふ」

「乗せてもらえるかしら」

「のせてくれるって。とちゅうまで」

「親切な白鳥さんでよかったこと」

その時、ムラセが眼下を指差した。何かが葦の茂みに引っかかっている。

「逸子さん、ごらんなさい。あれがあなたの身体だったんですよ」

逸子が目を凝らす。満月のスポットライトでその一部が見えた。昆布みたいな髪の毛が水に揺らぎ、両眼は真っ黒な大きな空洞となって月の光も届かない。頬の肉はこそげ落ち、二度と咀嚼することのない歯が顎の上下に整列している。

「あなたは御主人が亡くなってから精神のバランスを崩しました。夜な夜なさまよい歩くようになって、或る三月の凍てつく夜にこの川にはまって凍死しました。ちょうどこんな満月の夜でした」

「知らなかった。で、もうどのくらい死んでるの？」

「一年ほどでございます。もういい加減ようござんしょ」

「んだなあ」

小さな柔らかい手が逸子の手の中に入ってきた。逸子はその手をしっかり握りしめてひろむの目を見つめた。

「ひろむさんは一緒に来てはいけないよ。ほら、お母さんが呼んでる」

ひろむは逸子の手を離さなかった。

「ぼくももうすぐしぬひとでふから、いっしょにいきまふ」

逸子とムラセは共に厳しいまなざしで首を振った。

「わたしたちはこれから別の世界で呼吸をすることになりました。けれど、あなたはまだです。一緒に来ても間違いなく追い返されますよ」

「どうしてでふか」

ムラセが答える。

「どうしてかというと、あなたはまだもう一人のあなたに出会ってないからです。わたくしたちのようにね」

　逸子が答える。

「ソウルメイト、魂の友ですよ。この友が承諾してくれないと、別の世界に行くことはできないのです。袖は片敷く友だというて」

　逸子は「黒髪」の一節の歌詞を替えて朗々と歌った。

「なんでふか、それ」

　ひろむは聞きなれないメロディーに怪訝な顔をした。

「魂の友のためにいつも着物の片袖を敷いて、眠るということですよ。恋人のようにね」

　ひろむは浮かない声で答えた。

「でも、ぼくのからだ、こわれちゃったみたいだし、もうかえりたくないでふ」

「わたしの身体ほどじゃないでしょ？　あなたのはまだまだ大丈夫。ちょっと車にはねられただけだから、必ず治るよ。ほら、お母さんが呼んでるの、聞こえるでしょ？　あなたを呼び戻そうと死に物狂いで呼びかけ、呼び出し、激しい呼吸をしてるのが」

　吹雪がやみ、静寂が訪れていた。すると、白鳥たちの鳴き交わす声がひときわ高くなった。三十羽ほどの群れが一斉に羽ばたき始めると、漆黒の夜がわずかに鉄紺色を帯びて、気がつけば満月が天空の軌道をはるかに逍遥している。どっぷりと闇に溶けこんでいた山の稜線や木々のシルエットが黒々と浮かび上がり、凍てつく天地はまもなく東雲を迎えようとしていた。ひろむはまだ帰り渋っていた。ムラセが言った。

「ところで、あのボランティアの話ですけど、どうです？　好きな場所に行ってやってみませんか。また一緒に」

「また、一緒に？」

「ええ。あなたは半狂乱で川べりを彷徨っているうちにわたくしを振り捨てておしまいになったのです。生まれる前からずっと一緒だったこのわたくしをね」

「ああ、やっぱり。どうも身体の半分がすかすかすると思った。それでは、どこへ行きましょうかね」

「どこへでも。にぎやかなところがいいですか、それとも、寂しいところ？　にぎやか好みならカンブリア紀の太古の海とか、ジュラ紀の恐竜ランドとか、極彩色の鳥たちの囀り交わす密林なんかもいいかしら。寂し好みなら、氷河が運んだ一人ぼっちの迷子石のそばとか、白亜紀のマグマ溜まりがあったらしいシエラネバダ山脈の頂上とか、ああ、それよりいっそ現代の大都会の雑踏なんか、いかが？」

「あの子たちに会えるところはある？」

「ああ、あの子たちね。ありますよ」

　幾重もの羽衣が数多天翔ける音がして、白鳥たちが飛び立った。彼らは上昇気流に乗って菫色に明けそめた大空を切り裂くようにぐんぐん昇っていく。その時、二羽の白鳥が逸子とムラセめがけて飛んできて、二人を突き抜けて空に舞い上がった。その瞬間、逸子とムラセは合体して一条の白い光となった。半身を取り戻した逸子はすぐに二羽の白鳥に追いついた。すぐ前方を飛んでいる白鳥の背にひろむが乗って細い首にしがみついている。ひろむがこちらに気づくことはもうあるまい。幾つもの峻厳な山脈と深い谷、一筋の緑も見えない岩山や砂漠を越えると、眼下に茫洋たる海原が見えてきた。海の中に入っていくとそこにはさまざまな命があふれて、囁きさんざめき歌っていた。小さな命の種たちもそこで波にくすぐられ、あやされ、たゆたっていた。

「サルース、わたしの子どもたち」

　祝福すべき命をふたつながら摘み取った。そうせざるを得なかった。もし、そうしなかったら、心身を病み、犯罪者となって破滅することをありありと予感していた。ありのままの自分を許せない人間に自分の分身を受け入れることはできなかった。逸子は潮の流れに身を任せながら、魂を祈りの形に整えた。そして、長いことかかって魂で呼吸するすべを学んだ。ふたつの命を呼び出し、呼びかけた。ようやく今彼らを心から祝福し、許しを乞う時を迎えた。そうして、ふたりの思いを吸い込んだ。

「サルース。そう、そう、そうやって祝福するのです」

魂の内側から聞こえた声は同時に天から降り注ぐようでもあった。ムラセのようでもあり、ふたつの命の声のようでもあり、もっと多くの人々のそれのようでもあった。

「わたしたちはわたしたちの身に何が起こるかすべてわかった上でやって来ました。すぐに戻ることになってもいいと思って宿りました。なぜなら、あなたがわたしたちのことを忘れずにずっと覚えていてくれることを知っていたからです。今、わたしたちを祝福したように祝福してください。大いなる自然とそこに生息する植物と動物、すべての生物と微生物たちを、とりわけ、賢しげに振る舞っている無防備な人間たちを。加害者と被害者、罪を犯した人も犯さなかった人も、すべての人はすでに罪を負った者、それゆえ、祝福さるべきものとして生まれ、誰かによって記憶さるべきなのです。もちろん、あなたも」

「難儀なことです。わたしは罪深い凡人です。なぜなら、本当はそんな自分が大好きだからです。わたしに何ができますか。何ら秀でたところもなく、何を成し遂げたわけでもなく、ただうかうかと月日を送っただけのわたしに」

「魂の呼吸をしてください。そうすれば、そよ風が吹きます。せせらぎが囁き交わします。蕾が光に震えます。空には虹がかかります。至る所で悩み苦しんでいる人々にそうしたギフトを贈るのがあなたにできるボランティアです」

逸子は父の家に行った。白いドアと壁、黒いカウンターと丸椅子、部屋には誰もいなかった。キッチンに入って、フライパンを手にした。黒い冷蔵庫を開けると、玉ねぎや人参やピーマンやひき肉があった。どれも一様に黒かった。フライパンを火にかけ、黒い油を注いで黒いチャーハンを作ろうとした。黒い御飯と黒い卵も入れた。できあがったチャーハンを舟の形をした銀の器に盛り、銀のスプーンを添えた。カウンターの上を滑らせると、それを受け止める手があった。「チャーハン一丁」小さく声をかけると、その手が銀のスプーンを取って、ひとくち口に運んだ。逸子はその手を見つめた。それはかつて幼い娘を打ち据えた粗暴な手ではなかった。その口はかつて思春期の娘を痛罵した禍々しい口ではなかった。その目にも怒りに引きつった刺の痕跡はもうなかった。父の目は潤んだ微笑みを湛え、その佇まいは穏やかなオーラに包まれていた。その時、娘は父の悲しみを知った。ふうっとゆったり息を吐いて娘は父を祝福した。すると、父が応えた。

「ああ、気持ちがいい。なんと気持ちのいいそよ風だ」

父は旨そうにチャーハンを平らげると、深々と一礼し、立ち去った。

各作品の執筆開始年

●するめちゃん　二〇〇一年

●レクイエス・エテルナ　永遠のやすらぎ　二〇〇一年
（二〇二四年、出版にあたり加筆）

●疲れた首にミミズを飼う　二〇一〇年

●僕の恋人は薔薇の香りのおならをする　二〇一一年

●袖は片敷く　二〇一五年

著者プロフィール

蘭野みゆう（らんのみゆう）

1955年、群馬県生まれ。秋田市在住。
埼玉大学大学院修士課程修了。
重度の不眠症による失職をきっかけに四十代半ばからブログや小説を書き始める。

著書

- ●「不眠の森をさまよって　体験的不眠症克服記」（筆名　村野ゆう　健友館　絶版）
- ●「オムニス　太古の海の賢者たち」（文芸社）
- ●「耳の恍惚　あるいは、感覚のメタモルフォーゼ」（日本文学館）
- ●「トンガの瞳　だんご虫と泣き虫の地球」（萌芽舎）

ブログ　「びんぼっくりのアンテナ」

レクイエス・エテルナ　永《と》遠《わ》のやすらぎ

2024年7月17日　第1刷発行

著　者　蘭《らん》野《の》みゆう

発行者　太田宏司郎
発行所　株式会社パレード
大阪本社　〒530-0021　大阪府大阪市北区浮田1-1-8
TEL 06-6485-0766　FAX 06-6485-0767
東京支社　〒151-0051　東京都渋谷区千駄ヶ谷2-10-7
TEL 03-5413-3285　FAX 03-5413-3286
https://books.parade.co.jp
発売元　株式会社星雲社（共同出版社・流通責任出版社）
〒112-0005　東京都文京区水道1-3-30
TEL 03-3868-3275　FAX 03-3868-6588
装　幀　河野あきみ（PARADE Inc.）
印刷所　創栄図書印刷株式会社

ISBN 978-4-434-34110-6　C0093